春、忍び難きを

斎藤
Ren Saito
憐

而立書房

春、忍び難きを

登場人物

望月多聞（61）里山辺村長・庄屋。
サヨ（59）その妻。
太郎（41）その長男・朝鮮で林業を営む。
佐和子（36）太郎の妻。
葛西芳孝（40）多聞、サヨ夫妻の長女・清子の夫。大学教授。
よし江（26）次男の二郎の妻。
三郎（28）三男。
トメ（68）多聞の姉。
二木房吉（29）小作・馬喰。
上條誠作（55）村役場の兵事係。
朴潤久（28）作男。
すえ（22）開拓団の娘。
幸田正（30）帰還兵。

松本近郊の里山辺の丘陵地にある庄屋・望月多聞の家。

囲炉裏のある板敷きのオエの奥は座敷から玄関に続く板戸。にわと呼ばれる土間にクド（かまど）。ここは女たちの仕事場である。女たちは一年にわたって味噌造り、佃煮や漬け物作り、俵編みをここでするのだ。

上手の大きな柿の木の向こうに、蔵の入り口。

上手奥の母屋と蔵の間は野良へ行く通り道。鶏小屋や山羊小屋があるらしく、時たま鳴き声が聞こえるだろう。

上手前方に野麦峠を越える北アルプスが見え、下手方向は美ヶ原に続く山道になる。

この山道を、応召した兵士たちは下り、疎開や買い出しの人々が登ってきた。

一幕

1

三人の女の姿が浮かぶ。よし江、サヨ、トメ。

よし江　（手紙を読む）「もし、余が戦陣の玉とくだけしならば、汝は国を愛し一命を捧げ、しかして我が妻を、こよなく愛せし夫の妻なりしを心の糧に女性としての自尊心ある生活を送られよ。もし晴れて聖戦の野より帰る日あらば永遠に汝が優しき夫たらん。」

トメ　国のため世のためにとて　捧げしも　思う心の堰きとめがたき

よし江　「二十六日の手紙、落手した。もう稲刈りは終わったか。定めし苦労であらう。母上は裏畑を耕してキウリ、茄子、ササゲをお作りになっていること。ご同慶に堪へません。今年の田植ゑはユヒで実施されたよし。戦時下、銃後の皆さまには厚く感謝する。月に二十円もらってをりますが、手にあると使ってしまふので、お送りします。」

明るくなる。

敗戦の年の十二月。大きな柿の木の下枝に雪。

この年は、半世紀に一度の大凶作だった。

にわでは、トメがクドに薪をくべている。サヨが柄杓で釜に水を入れている。オエで、よし江がリンゴ箱に食料を詰めている。

サヨ　火加減、こんなあんべえかね。

トメ　ああ、へえひとときで、とろ火にしるがよかろう。

サヨ　よし江、小豆は入れたかや？

よし江　あい。大豆と小豆はへえったに。

サヨ　今日も染みるなあ。

よし江　（手を止めて）二郎サは、南方へ転進だで、暖ったけえずらなあ。

トメ　ああ。おめの亭主は、椰子の浜辺で昼寝ずら。

よし江　そーずらいねー。トメさ、卵は？

トメ　（紐の付いた小さなノートを出す）

よし江　トメさ！

サヨ　しー。

トメ、ちびた鉛筆で、一首書き込む。

よし江　（小声で）お義母様、一息入れましょ。

サヨ　そうだな。卵はおらが持って来るだで、納屋から籾殻、持ってきてくれ。

よし江　あい。（草履を履く）

サヨ　（ノートを覗きこんで）おめは、字、書けるでぇえな。
トメ　（納屋に向かうよし江に）納屋へ行くなら、紅丸、持って来てくれ。
よし江　（立ち止まって）二貫目も、持たすかね。
トメ　一蕎麦、二炬燵、三そべりの葛西先生に二貫目、担げるかね。

そこへ、国民服の上にオーバーを着込んだ葛西が出てくる。

葛西　三そべりってなんですか。
よし江　昼間っから寝てることだい。（納屋に入る）
葛西　まいったなあ。（リンゴ箱を見て）これ、我が家の分ですか。
サヨ　先週、東京にお帰りになった葛西清子さま御用達。
トメ　奥さんの実家が松本にあってよかっただろうが。
サヨ　こっちなら、食い物はなんとかなるのに、なんでけーるだかい。
葛西　正月は東京で迎えたいって、清子が……。
トメ　清子サは、女学校の頃から、田舎はいやだ、東京へ行きたいって……。
葛西　子供たちを三学期から東京の学校に戻したいって清子が……。
サヨ　清子が、清子が……（奥へ行く）
トメ　先生んち、焼けなんでよかったいね。

葛西　練馬はだいたい残りました。（釜の中を覗いて）うまそうだな。（と、つまもうとする）アッチッチ。
トメ　こら。今、味噌作ってんだから。
葛西　この豆が、味噌になるんですか。
トメ　一晩おいたら、すりこぎでつぶして米麹と混ぜて、カビが生えねえように塩をして、半年寝かせるだいね。

卵を入れたざるを持ったリヨが、奥から出てくる。

サヨ　芳孝さん。これ、産み立てだで、子供らに食べさせてやっとくりや。
葛西　義母さん、助かります。
トメ　先生んとこの子供たち、体中にできもんだらけのおおしょんぶくれだったけど、卵を食べさせたら、血色よくなって。
サヨ　戦争前に、清子が送ってきたカステラの空き箱が役に立った。（紙箱に籾殻を入れ、卵を並べる）
よし江　（カマスを持って入ってきて）よっこらしょ。サツマイモ、二貫目。
サヨ　紅丸はいびんつだが、うんまいで、おらとこで食う。沖縄百号は味が落ちるけえどたんと取れるで、市場へ出す。
葛西　（積まれた荷物を見て）芋は重そうだなあ。
トメ　子供らのために父さんがズク出さにゃあ。育ち盛りが四ったりだろう。あっという間に食っちゃうさ。

そこへ、「四時五分の最終だったな」と、どてら姿の多聞。

葛西　兵隊さんの復員と買い出しが重なって、切符取るのが難儀でした。
サヨ　七時間半だじ……新宿に着くのが十一時半だいね。（多聞の傍らに煙草盆を置く）
葛西　（正座して）お義父さん、お義母さん。三月から十か月、家族六人、お世話になりました。
多聞　十か月になるか。
サヨ　清子にな。困ったら、いつでも松本にけえって来いって……。
葛西　クックック。（涙をぬぐう）
トメ　どうした?
葛西　God could not everywhere and therefore he made mothers.
トメ　アメリカ語かね。
葛西　神様は人類全体の面倒を見きれないから、この世に母親を創りたもうた。
多聞　じゃ、父親はいらんのかね。（葛西の前に封筒を出して）貯金、あらかた封鎖されてて、少けねーが。
葛西　ありがとう御座います。遠慮なく。

潤久が、木戸から入ってくる。

トメ　どうしたボクちゃ。
潤久　（木戸の外を指して）米、わけてくりって。
トメ　駄目駄目。うちで食う分まで供出で出しちまったよ。
潤久　米一升五合と羽織一枚。麦一斗で帯一本持ってきたって。
トメ　うちには、着物着飾るような女はいねえって、そう言ってやれ。
潤久　二日、なんにも食ってねえって。
トメ　百姓はつれーって都会に出ていきやがった奴らだ。（奥へ行く）
潤久　あい。
サヨ　よし江。芳孝さんに米出してやってや。
よし江　何升、持たすかいね。（下駄を履いて、納屋に向かう）
サヨ　（葛西に）何升、持てえるかね。
葛西　（おずおずと）さあ、三升ぐらいなら……。（よし江に続いて納屋に）
サヨ　まあ、五升だな。
トメ　松本駅までの道はボクが担いでいくさ。（空を見上げて）こりゃ根雪になるな。なにもこんな日に帰《けへ》らなんだって。
サヨ　清子から、食料底ついたって電報が来ただいね。

多聞　フン、百姓仕事を嫌って都会に出ていった大学教授夫人も、食うもんがなくなるとやって来て「田舎はいいわねお父様」だ。

トメ　しゃらひでえ空襲で三月に逃げてきたに、「松本には産業もないから空襲もないのね」だってよ。（納屋に行く）

多聞　で、戦が終わりゃあ「子供の教育はやっぱり東京で」か。杉並、世田谷、中野、豊島、足立の五区からやってきてた二万六千の学童疎開の餓鬼どもが、東京に帰って田舎で苛められたって言いふらしてるどぉ。

そこへ、もっそりと二木房吉。紺の半纏に膝のわれた股引、地下足袋の甲を縄で縛っている。彼ら小作人は木戸から出入りして、オエには上がれない。

サヨ　房吉か。いつ?

房吉　新嘗祭に戻りました。

多聞　まめってえようだな。

房吉　……旦那。

多聞　なんだ。

房吉　へえ。

多聞　年貢か。

房吉　男手と馬が戦に取られて、耄碌寸前の爺さんと女衆《おんなしょ》ばかりで三反歩あまりの稲作、ヤギ、ウサギ、ニワットリの飼育や野菜作りだんね。わしが戦に取られている間に……。
多聞　戦に取られたのはおめだけじゃねえ。おらうちだって、長男は朝鮮、総領の次男は南方。強突張りの三男だってまだ還らなん。
房吉　今年は知っての通りの不作で飯米も残せなかった。正月にせめて子供に餅食わしてやりてえが、暮れの今日から金がありましね。

トメはザルを取って台所へ行く。

多聞　（サヨに）着替える。
サヨ　あい。（座敷の方へ行く）
多聞　農地改革のこと、知ってるな。
房吉　……。
多聞　聞いてるずら。
房吉　へえ。
多聞　地主から田畑、取り上げて小作人に分けるだってせ。ありがてえ世の中になったもんだよな。
房吉　……。
多聞　農林大臣になった松村謙三ってう馬鹿は、一町五反以上の地主の土地を、小作に分けると言い出しやがった。事情を知ってる農林省は、地主の土地は三町までと直した。政府は、ほれでも実状に合わんと、結局五町歩以上の取り上げとなった。

房吉　ようござんしたね。

多聞　よかあねえ。うちは田畑あわせて十六町歩だ。ご先祖さまが営々として築いた望月の家から十一町歩がもっていかれるだでな。

房吉　ひでえこってす。

多聞　マッカーサーには、庄屋と小作は親子の間柄だということがわからんらしい。

房吉　困ったもんだいね。

多聞　だがな、小作が申し出ない限り、強制譲渡はしないでいいと農林省は言ってる。

沈黙。

サヨが着物を持ってきて、多聞、どてらを脱ぐ。

多聞　聞いとるのか。

房吉　あい……。

多聞　おめが望月の旦那の下で小作がやりてえ、田圃なんか欲しくねえってえば……、そら、わしとお前は親子の間柄だで……。年貢は四割、いや三割に負けてやってもいい。

房吉　三割！

多聞　お前とは末永く……わかるな。
房吉　へえ。やっぱ相談してみねえと。
多聞　相談？　誰と。
房吉　いろいろと……。
多聞　農民組合か。
房吉　へえ。……いんね。
多聞　……房吉。
房吉　へえ。
多聞　雪が一尺になったから俺んとこは、今日、炭焼いたぞ。
房吉　（土下座して）旦那。今年も、山にへえらせてくだせえ。
多聞　なあ。よーく、考えるんだ。山年貢、払うのとどっちが得だか。
房吉　へえ。

サヨは奥に行き、トメは藁をたたき出す。
師走の夕暮れは早い。下の寺の鐘が鳴る。

多聞　おめんところは、堆肥はいらねえだか。
房吉　……。

多聞　神社の上《かみ》の落ち葉、一町歩、どうか。
房吉　ありがとうござんす。
多聞　稲刈りしたって、どうやって脱穀しる。
房吉　旦那とこの脱穀機で……。
多聞　いいか、戦時中はな。天皇様は神様だ。その神様にお供えしる米だで、一粒でもごまかすと罰が当たるってみんな大まじめに供出した。その神様が戦に負けただぞ。（座敷へ去る）

じっとしている房吉。
そこへ、米の入った袋を持ってよし江と葛西。

よし江　こりゃあ日本盛だて、供出米と味がちがう。
葛西　五升は重たいなあ。
サヨ　（奥から出てきて）芳孝サ、これ着てみろ。
葛西　なんですか。
サヨ　三郎が生まれた時のねんねこだや。

よし江、米を葛西に担がせる算段。

サヨ　房吉サ、今日は薪割りしていくか。
房吉　あい。
サヨ　（懐から紙を出して）これで、餅、買ってやれや。
房吉　ありがとうござんす。（裏手に行く）

そこへ、木戸から潤久。

潤久　奥さん、入谷の婿さんが復員の挨拶に来た。
サヨ　健サも還ってきたか。
潤久　いま、忙しいって言うか？
サヨ　いや、目出度いことでなあ。
トメ　（納屋から竹籠を持ってきて）ボク。山羊と鶏に餌やってくれ。
潤久　あい。（出ていく）
サヨ　よし江、干し柿もくるんでやれ。（出ていく）
よし江　ああ、干し柿は軽くっていいや。（と、納屋の軒下の柿を取りにはしごを掛ける）
葛西　（声を潜めて）こないだおふくろ様、井戸端で、こんな石を三つ、ゴシゴシ洗ってた。
トメ　下の善明寺でもらってきたのさ。……サヨさんの息子、三人分。嫁に出たわしは子どもができんで出戻り。嫁に来たサヨさは、息子三人産んで羨ましがられたが……。

葛西　二郎さんは、南方か。

トメ　ああ、松本五十連隊は満州からテニアンに行っただ。

よし江　（梯子の上から）ほーら、美ヶ原は真っ白だ。

トメ　二郎に嫁もらってこの家継がすって、下に新宅建てたけど、嫁に来て五日だじ、よし江と一緒に住んだなあ。先週、藤井池の五平が還ってきただって。あのうちは一町歩もないのに、四人みんな還ってきて誰が百姓継ぐのか大騒ぎだ。……この家は田畑合わせて十六町歩もあるだに、ひとらも還らん。世の中、うまくいかんもんだいね。（葛西に）それしょって歩けるかね。

葛西　ズク出します。（背負って）わっ、重たい。（と奥へ）

トメは蒿をたたき出し、よし江は干し柿を持ってくる。
「帰《けえ》ってきたぁ」とサヨの声。
よし江、「二郎サか！」と、干し柿を放り投げて飛び出してくる。
階級章の取れた軍服の三郎、続いてサヨ、木戸から入ってくる。

よし江　三郎サ！

三郎　（敬礼して）長野県松本市歩兵五十連隊上曹望月三郎。満州国東安省虎林県虎林市郊外、満州四六二〇部隊にて任務を遂行するも、武運つたなく敗残兵として帰還いたしました。申しわけございませんでした。二郎サ、まだか。

よし江　（こっくり）
三郎　還ったのがおらで、すまんな。
よし江　（涙して）なにを言うか。（三郎の肩に手をやる）よく、還んなさった。

サヨ、三郎を上から下まで見る。そしてひれ伏す。

三郎　母さん、どうしたの？
サヨ　ご苦労さんだったのう。
三郎　ちょっと、やめてくり。（抱き起こす）
サヨ　よし江、電気つけておくれ。顔がよう見えん。
三郎　二郎兄さん、戦死してないよな？
よし江　（首を振る）
サヨ　テニアンださやあ。
三郎　テニアンか。太郎兄さんは？
サヨ　（首を振る）まだ、朝鮮だ。
多聞　（座敷から出てくる）よく帰った。
三郎　よたっ小僧が、還って参りました。
多聞　五年ぶりのご対面がそったら憎まれ口だがや。なんして、玄関から入《へ》えらん。

三郎　勝ってくるぞと日の丸の旗で送られただに、どの面下げてけえれる。
よし江　（電気をつけて）連絡くれたら、迎えに行っただに。
三郎　なんだ？
よし江　駅まで迎えに行っただに。
三郎　出征するときは松本駅は黒山の人だかりと日の丸。帰りは、買い出し列車に小さくなって乗ってきた。
多聞　三郎、そういぼつるんでねえ。
サヨ　飯食うか、風呂へえるか。
三郎　腹も減っとるが、まず、この虱の屑を脱ぎたいから、風呂だ。
サヨ　よし江、湯加減見てやれ。
よし江　あい。（出ていく）

サヨは台所で食事の支度を始める。
そこへ、ねんねこを着せられた葛西が「三郎さん、お帰りになりましたか」と米を担いで出てくる。

葛西　お元気そうで。
三郎　ハハハ。戦時中、お国のために死んでこいって学生たちを励ました学者先生。

葛西、ドタッと倒れ「イテテテ」。

サヨ　大丈夫かいね、先生。ペンよか重いもの、持ったことねえで、ほら、きばって。（と、立たせる）

そこへ、鞄を持った村役場の上條、「村長」とやって来る。

上條　三郎サ、ええかんぶりでした。お勤めご苦労様でした。

三郎　カリフォルニアからけえってきたばかりのおれに赤紙持って来た兵事係さんは、戦に負けても達者なようで。満州の寒さは体の芯までようく凍みたに。（見て）キヨミズ号は、どうした。

トメ　（藁を叩きながら）こいつが青紙持ってきて、支那に連れていっちまった。で、この春の田起こし、よし江とボクと三人でやっただわ。

三郎　おめが、馬も取ってっただか。

よし江　（板戸から）三郎サ。

三郎　おう。

三郎とよし江、出ていく。

上條　ご子息のご帰還、おめでとう御座います。

多聞　アカに染まったり、アメリカに行ったりした穀潰しだわい。とうとう、占領軍、来たようだな。

サヨ、三郎の着替えを持って風呂場へ向かう。

上條　昼過ぎに一連隊二百人。井筒ノ湯旅館が「長野県進駐軍司令部支部」とかで、早速、星のどさまついた旗、旅館の屋根に立っとります。
葛西　（立ち上がって）アメリカ軍、松本にも来たんだ。
多聞　学童疎開がけえったと思ったら、今《こん》だ、米軍の接収か。井筒ノ湯もとんだ災難だな。
葛西　なにしに？（倒れる）
上條　農家が隠している米の供出だじ。このままじゃあ、東京で暴動が起こるって。
多聞　こっちが暴動起こしてえぐらいだ。国は農村から若い男たちを引き抜いて戦場に送った。村の労働力は、戦前の四五パーセントまでに落ち込んでるだぞ。

サヨが戻ってきた。

上條　ジープで農家にへえり込んで、隠してた米や芋を摘発しるそうだじ。治安米って呼んでるだじ。
多聞　治安米？
上條　米を出さないと共産党が騒いで日本全国に米騒動が起こる。共産革命を阻止しるための治安米だじ。

多聞　市町村に、また割り当てか。こうなりゃ、地主も小作と腕組んでストライキだな。

サヨ　白湯だで。

よし江が戻って来る。

潤久　（戻ってきて）先生様、そろそろ。（背負子の荷物を担ぐ）

よし江　ボクちゃ、そんねにしょって大丈夫か。

潤久　金華橋まで下りゃ……。さあ、行くじ。

葛西　それでは、父上。

多聞　清子によろしくな。

潤久と葛西が出ていく。
よし江が送って出る。
トメは藁をたたき出す。

房吉　（戻ってきて）薪、積んどいたで。

多聞　ご苦労。（サヨに）出かける。

サヨ　あい。（多聞に続いて出ていく）

上條　（房吉に）房吉、はあるかぶりだったな。

突然、房吉が上條をけっ飛ばす。

上條　なにしるだ？

房吉　おめえは、なんでおればっかに赤紙、よこしただか。日支事変で支那へ行ってから、三度のお勤め。おらぁうちは知っての通り、男はおれひとりだ。おれが支那に行った後、爺さん、婆さんがえれー苦労した。還ってみれば、田畑は荒れ放題だ。

上條　誰を召集しるか決めるのは、十七師団。師団から各地の警察に連絡が来て、それが役場に届くだ。おらはただの配達係だ。この村から四百五十六人が応召して、百二十六人がけえってこなんだ。帰れただけでもありがてえと思え。

房吉　隣村の新吉は、一度も戦地に行ってねえぞ。

上條　あんな馬鹿、軍隊に入れたら足手まといど。

房吉　おれは目が悪かったで、「第二乙種合格」。それだに二十歳の年から三十まで、軍馬の世話しながら北支、中支の泥ん中をはいずり回って……。

多聞　……馬だよ。おめえは、村の馬喰もやって、馬の扱いに慣れてたでな。

房吉　それがどうした。

上條　支那派遣軍の一箇連隊は、将兵三千七百に対して軍馬五百頭。五百頭の馬には獣医十人、馬蹄を打てる世話係りが五十人必要だでな。自動車の運転できるもん。靴屋も仕立屋も床屋も軍隊には必要どぉ。船のエンジン扱えるもんを海軍はほしがった。
房吉　おめた、知らんずら。馬は体温が高いで、汗をかいたら藁で体中をこすってやらにゃあ風邪をひく。……あれらの馬たちを、みんな支那に捨てておれたちゃ、けえってきた。
上條　戦だ。仕方ねえずら。
房吉　脚を折って泥濘のなかに遺てられた馬たち。雨のなか頸だけを高くかかげて隊列について行こうってもがいてた。泥まみれ、大砲を引いて肩の皮が真っ赤にむけた奴、やせ衰えて、弾薬箱四個を鞍に積まれた馬の苦しい息、知っとるか。

多聞が、コートを着て出てきた。その後を追って、サヨ。

上條　この村の十八軒の農家に六十頭が飼われてた。そのうちの四十頭に青紙、届けた。
トメ　(藁を叩きながら) うちのキヨミズ号、出す前の晩は稗一升に豆二合を炊いて食わしたよ。日の丸つけて、肩にニンジンぶらさげて五十連隊へ行った。軍曹殿が「合格、十八円」て言った。
房吉　三十五円の馬をたった十八円だぞ。
上條　全国の農家に青紙が来て、農耕馬は門司港から大陸に百万頭が渡ったどぉ。
多聞　(房吉に) 五十連隊の主力は南方で次々に玉砕だ。房吉、おめは蹄鉄工務兵だったで南方で死なずにすんだどぉ。ありがてえと思え。六千万臣民は、今、耐えがたきを耐えとるんだ。へー、帰れ。

房吉、黙って一礼して去っていく。

トメ　（藁を叩く手を止め）多聞！
多聞　なんだい姉さん。
トメ　今夜も和千代の処か？
多聞　大きい声出すな、みぐさい。
トメ　みぐさいのはどっちだ。
多聞　出戻りは、おとなしくしとるもんだ。上條、行かずか。（出ていく）
上條　（トメに）んでば、ごめんなさんし。（多聞の後を追う）
トメ　親爺さまが生きてたら、ぶっ飛ばされているぞ。（去る）

そこへ、「ああ、さっぱりした」と、どてらに着替えた三郎。
サヨが駆け寄って「頭が濡れてるよ」とタオルで三郎の頭を拭く。
よし江が氷餅を持って出てくる。

三郎　……やっぱりいいな。いいよ、家はいい。
サヨ　さあ、氷餅だよ。お食べ。
三郎　なにぃ？
サヨ　おめ、左の耳が聞こえんのかい。
三郎　親父、まだ町に妾囲ってるだか？
サヨ　古参兵に殴られただかや。
三郎　軍隊だじ。（食べて）うんまい。
サヨ　痩せたいなあ。
三郎　五十連隊に入隊のとき、売店で田舎小豆の饅頭とバナナを買って食べたいねえ。
サヨ　臨時列車が松本駅を出ていくのを見送ったのは辛かった。どうだいもう一つ。
よし江　（お膳を運んできて）お義母さま。三郎サけえってきたで、今年は餅つきできるだいね。
三郎　二郎兄さんから便りはあるかい？
サヨ　おめとちがって二郎は筆まめだったよ。
三郎　おれだって、こんな可愛いカミサンがいれば手紙書いたせ。
よし江　まあず、軍隊に行って悪くなったじゃんかい。
三郎　下《しも》の家に独りで住んでるだ？
よし江　ああ。
三郎　今夜は疲れてるで夜這いにいけねえが……。

よし江　じょうけたことを言わなんどくれ。
三郎　いただきます。（黙々と飯を食べ始めた）
トメ　なつかしき　あ子帰りきぬ夕闇に　見あげ見おろし　嬉しさせまる
サヨ　苦労ばかりかける三郎の夢を見たら、三郎が還ってきた。二郎の夢は見ない。二郎の夢が見たい。……根雪が溶け出して、土にさわれる季節が来た。楢や栗が枝先を薄赤く染めて新芽を出す準備をしている。
トメ　南方に行った二郎を待つサヨさは、毎日下のお寺に「復員だより」を聞きに行く。うちのラジオは、葛西先生が天皇さまの放送の後、蹴飛ばして壊してしまったからだ。
よし江　（手紙を読む）「今、自分が見てゐる月をやはり内地でよし江も納戸から見ているのだらうと思えば、しっかり抱かれたよし江の体のやわらかさが感じられます。甘い口づけのうっとりした気持ちも今はただ思ひ出のうつつか、夜半、土の冷たさに目覚めた時の味気なさ。余は汝の永遠の夫なり。」
こぶしの花が咲いたら、薩摩芋の苗床。郭公が鳴いたら、さといもの種を掘り出して畑におろす。四月十日。蕗のとうを摘み、芋を植える。植える前に浴光催芽。

2　（草萌ゆる春）

鳥の鳴き声。
サヨとトメが台所とにわを行き来している。
分厚い本を読んでいるどてら姿の葛西。

サヨ　人参の千切りと、牛蒡のささがきをやっておくれ。
トメ　（重箱を渡して）これが、きな粉むすびにニシンと凍み豆腐煮染め。

そこへ、背負い子を背負った潤久。

サヨ　ボクちゃ、ご苦労だったな。
潤久　太郎サ、還るって言うで。
葛西　（のぞき込んで）いいなあ、田舎は。食べる物がそこらにあるんだもの。
トメ　竹の子の多い年は、豊作だっていうんね。
潤久　三年、竹藪ほっといたもんで、根っこがからまって大変だった。
葛西　名古屋、八時じゃなかったかな。
トメ　汽車、遅れてるだかなあ。

葛西　太郎さんところ、子供、四ったりだろ。難儀なことだ。
潤久　奥さん行くじ。
サヨ　気いつけてな。
潤久　へい。（出ていく）
葛西　ねえ、あのボクって、遠い親戚かなにか。
トメ　いいや。
サヨ　両親が早くに死んじまって、独りぼっちせ。かわいそうだで、引き取った。
トメ　世話焼きババって言うだよ。
多聞　（出てきて）おい、何時だ。
サヨ　そう、ソワソワしなさるな。
多聞　三郎が駅まで迎えに行くんじゃなかったか。
サヨ　キヨミズ号が取られちまったで、今日はよし江さと田起こしの仕度だで。
多聞　百姓はせっぺせっぺ働くだじ。
葛西　せっぺせっぺ。
トメ　先生も、大学、四月から始まるんじゃねえかね。
葛西　馬鹿な学生に学問を教えることに飽き飽きしましてね。
トメ　ほれで、田圃のカエルに歌《うだ》でも教えに来たかね。東京じゃ、戦災跡地に焼トタンの掘立小屋や地下壕舎を作って雨露をしのいでいるってね。清子サも、大変だ。

葛西　あれは英文タイプができるから、終戦連絡事務所に職が見つかりました。
サヨ　やっぱ、女学校出てるとちがうだね。

そこへ、三郎とよし江が野良から帰ってくる。

三郎　……そこで庄屋様は村人に謝ったとさ。
よし江　へー、二度としませんて？（ケラケラと笑う）
サヨ　ご苦労さん。おにぎりがあるで。
三郎　三時半の汽車だったね。
よし江　（やかんから水を飲む）ああ、てきねー。（三郎に）三郎サも。
三郎　うん。（と、水を飲む）
多聞　（猫なで声で）よし江さや。
よし江　あい。
多聞　頼みがあるだがな。（と、サヨをつつく）
サヨ　急なこんなんだけえども、あんた、おらとこの上に移ってくれんかやぁ。
よし江　はあ。
サヨ　いやな。今日、太郎が餓鬼四人連れて朝鮮から戻る。一番上がたしか十一だ。育ち盛りはいるだし、家ん中、走り回られた日にゃ、先生、仕事にならん。

葛西　練馬の家も幼稚園の騒ぎなんでここへ逃げてきたんでね。（と、庭に出て体操を始める）
サヨ　もちろん、二郎が還るまでのこんだ。
三郎　長男が百姓を嫌って朝鮮で林業を始めた。で、二郎がよし江さんと所帯を持ったとき、下《しも》の新宅を建てた。そこを出ろって叩くのか。
葛西　無理にとは言ってないですよ。
多聞　おめなんぞに口を出して欲しくないね。「これからは技術の時代だ」って抜かして。だで、京城昭和工科学校に入れたらアカに染まりやがって。
三郎　ああ、おらは非国民さ。おらたちは、みんなこの家から逃げ出した。もし、二郎兄さんが還らなかったら、この家は……。
サヨ　三郎。
多聞　ごたこくでねえ！　二郎が還らなんだらなんて、縁起でもねえ。
三郎　義姉さんは、嫁に来た次の日から、朝は一番に起きて、風呂も寝るのも一番ビリで、働き通しだったじゃねえか。
よし江　やめてください。おれがこっちに越して、新宅を空ければいいこんだわね。
サヨ　そうしてくれるかい。
葛西　恩に着ます。
サヨ　三郎。太郎を金華橋まで迎えに行ってやれ。
三郎　はい、はい。なんで長男がそんなに偉いんだ。

多聞　軍隊に入って少しは性根が叩き直されたと思ったが、未だに青っ臭いこんこいて。（出ていく）
三郎　戦に負けて、少しゃ封建石頭がやこくなったかって思ったら。なんにも変わっちゃいねえんだ。
（出ていく）
葛西　（桶を覗いて）おお、銀シャリだ。
サヨ　太郎の好物の五目寿司を作ってやらっと思ってな。
トメ　それに、ふきのとう、こごみにたらの芽の天ぷら。
サヨ　よし江、トメさん手伝ってすし飯を作っとくれ。わしは新宅にこれ持ってくだ。（と蒲団を持っていく）
よし江　あい。（台所へ）
トメ　よいっしょっと。（と、サヨに続く）

雲雀が鳴く。
葛西、お盆の布巾の下からぼた餅を出して食べ「うーん、極楽」。
木戸から、軍服に蔓を糸でかがった丸眼鏡の幸田。

葛西　（気づいて）なんか用ですか。
幸田　あの、門の横のはこべを摘ませて頂けませんか。
葛西　はこべ？

幸田　食べるんです。
葛西　君……金、持ってるか。
幸田　はい。
葛西　米、売ってやろうか。
幸田　本当ですか。（財布を出す）
葛西　一升、五十円。
幸田　お願いします。
葛西　一升だけだぞ。（キョロキョロ見て）ちょっとこっちへ。

と、納屋の方に幸田を連れていく。

葛西　ここで待ってて。

幸田、しゃがみ込んで煙草に火をつける。
トメとよし江がおひつを持って来る。

トメ　よし江。もし、二郎サが還らなんだら、おめさん、実家に戻るだかや。
よし江　かならず還って来ます。

トメ　嫁に欲しいって家、いくらだってあるだよ。（おひつに酢を振る）
よし江　下川のムラさんとこ、尽助って養子もらったでしょう。（うちわで扇ぐ）
トメ　ああ、働き者の尽助ね。
よし江　去年七月に満州で戦死って通知が届いてね。仕方なく、親戚筋で身体のわりい清サを養子に入れたら……。
トメ　還って来ちゃっただかや。
よし江　シベリアから手紙が来ただって。せっかく立てた墓標を引っこ抜いて薪割りで割って風呂のたきつけにして。

葛西ビクビクしながら、納戸から出てきて袋を幸田に渡す。
二人、手真似で話す。

幸田　（金を渡して）ありがとうございました。
よし江　お客様。
葛西　いや、道を聞かれてね。ちょっと。（幸田に）これを下って金華橋を渡って左へまっーすぐだ。
幸田　ありがとうございます。

幸田、木戸から出ていく。

葛西は、幸田が捨てた煙草を拾って吸う。

トメ　下《しも》の新宅は、あんたが嫁に来るとき、建っただね。

よし江　一緒に住んだのは五日っきりだんね。

トメ　五日じゃ、ヤヤ子づくりもなあ。

よし江　兎川寺の道祖神《どうそじん》には毎日、お参りしただにせ。

トメ　道祖神参りよか、しることがあっつら。

よし江　……兵事係りの上條さんが赤紙持ってきたのは、田起こしの季節だったから。

トメ　田起こしでくたぶれて、二郎はしることもしねえで寝ちまったってわけか。

よし江　おばさん！

そこへ、表で声がする。

サヨの声　紘一君たちは、あっちだ。

トメ　けえってきた。

三郎の声　おじさんに付いてくるんだ。

よし江　あい。（奥へ）お義父さま、太郎さんが。（と、出ていく）

板戸から、太郎と佐和子。
太郎はアストラカンの、佐和子はテンの毛のコート。

太郎　あの柿の木。すっくと立ってる。
佐和子　アチチ、アチチ。（と、コートを脱ぐ）
太郎　こっちが忘れていても、ふるさとはそのまんま待っててくれるんだ。
多聞　（出てきて）よく、けえった。
太郎　ご心配をおかけしました。
サヨ　（赤子を抱いて入ってきて）さあ、座って。なにか食べるかや。
佐和子　お義母さま。まず子供たちを寝かせます。
サヨ　そうだね。新宅にお布団が敷いてあるで、子供たちを寝かせて。
太郎　（よし江に）あんたたちの新宅、空けてくれるの。
よし江　二郎さんが還るまではおれひとらだで。
佐和子　よかったぁ。ここ、なんだか獣の臭いがしない？（出ていく）
サヨ　去年まで、キヨミズ号がおったでね。
太郎　二郎、まだなんだってね。
よし江　あい。
サヨ　テニアンだでね。

よし江　お疲れになったでしょう。
太郎　京城・釜山は普通の貨車だったが、門司からは無蓋貨車。関門トンネルでは水がポタポタ。参ったよ。博多から十三時間だ。

木戸から潤久と三郎が荷物を運び込む。

葛西　石炭なみの扱いですな。
太郎　ああ、芳孝さん。
葛西　お子さん、まだ小さくていらっしゃるから。
太郎　紘一が十一、次男が七歳、三男が四歳。
サヨ　この子は去年生まれたばかりだいね。ああ、よしよし。（奥に入る）
多聞　荷物は、新宅へ持って行くんだ。（潤久と一緒に出ていく）
三郎　これだけの荷物、よく六人で運んできたもんだ。
太郎　六人たって、一人は赤ん坊。四つの真だって四貫目のリュック担いできた。あっち、フラフラ、こっちフラフラ。釜山の埠頭でばったり倒れて、鼻血、出して。
三郎　夫婦二人で、この特製のリュックを前後ろに担いで還って来たわけだ。
太郎　火事場の馬鹿力。金、一人千円て決められているから。
葛西　たったの千円ですか。

太郎　頭のいい奴がいてね。百円札、丸めてニス塗って。それをくるみボタンにして。コートにやたらボタンが付いてるんだ。
葛西　金ボタンじゃなく、カネボタンですな。
太郎　日本に持ち帰りたい物ならべたら、この五倍あった。毎晩、佐和子となにを持って帰るかで喧嘩でしたよ。
三郎　買い集めてた青磁の壺とか。
太郎　まさか。最後は、乾パンを減らして征露丸を入れるかで喧嘩さ。

そこへ、佐和子が「お布団に入るなり三人とも……」と入ってくる。

よし江　お義姉さま。ときにお焼きはどうずらねぇ。
佐和子　それより、関釜海峡の潮錆でも落とします。
よし江　沸いてるで、どうぞ。（連れて行く）
佐和子　ありがとう。あなた。
太郎　おう。

三人、出ていく。

葛西　引き揚げというから、乞食みたいになってるかと思ったら、私らよりずっとご立派だ。
三郎　持てるだけってえから、一張羅ばかりを何枚も着込んできたって。さあ、運びますか。
葛西　一張羅たって……。林業ってそんなに儲かるの。（下に降りる）
三郎　京城の邸宅だって半端じゃないよ。台所なんて、まるでホテルの調理室。使っているオモニが二十人。
葛西　そうか。三郎君は京城の昭和工科だったから。
三郎　南大門の裏手の岩山の下。三千坪はあるかな。門を入ると玄関まで運動場のトラックみたいに道がぐるっと回ってて、ドイツ・トーヒの並木。コリー犬のスメルジャーコフが迎えに走ってくる。その豪邸も、沖縄から仁川に上陸したアメリカ軍が進駐して、真っ先に将校用宿舎に接収された。
葛西　豪邸は担いで帰れなかったわけだ。（お焼きを手に取る）
三郎　持っていた望月林業所の広大な山林もね。
葛西　朝鮮で殿様みたいな生活をしてたんだ。（納屋の前に行き食べ始める）

先程から片隅に来ていた房吉が三郎を陰に呼ぶ。
葛西、荷物をひとつだけ持って出ていく。

三郎　農民組合の話だったら断ったぞ。
房吉　三郎サしかいないんだ。みんな待ってる。

三郎　……。俺は刑務所に入った前科者だ。
房吉　三郎サが書いて警察に捕まった奴、おら、まだ持ってるよ。先月、「松本座」で「詩と音楽の会」やってな、千三百人が集まった。
三郎　猫も杓子も共産党だな。
房吉　おらーはあんたの書いた詩をみんなに読んでやった。
（読む）おめえだち百姓はもぐらもちだ
　土にまみれて働くうち、目が見えなくなったもぐらもちだ
　この村からは、働き盛りは兵隊に取られ
　年貢は上がる
　国債は押しつけられる
三郎　詩にもなんにもなってねえ。
房吉　……近衛さんが内閣作ったあん時、三郎サのいうこと聞いりゃあ、日本は焼け野原にならなんだ。
三郎　……そんな詩書いた俺が満州で、ひでえことをやって来たんだ。
房吉　おらあっちは軍部におちょべたれてきただに、おめは村八分になってもひとらで頑張った。
三郎　最後にゃ、開拓民をソ満国境に置いてきぼりにして、すたこら列車で逃げ出して……生き延びてるた。

沈黙。

房吉　三郎サ。地主に五町歩残すじゃ、小作地二百五十万町歩の半分は、今のまんまだ。

三郎　「百姓と胡麻の油は搾ればいくらでも出てくる」。うちの親爺の口癖さ。

房吉　三郎サだったら、弁も立つ。みんなに信望もある。

三郎　房吉。……俺はその「みんなのため」ってのをやめたのよ。五族共和、八紘一宇、……みんなのために……みんな死んじまった。

下の寺の鐘が鳴る。

サヨ　（出てきて）よし江、竹の子煮るで、手伝ってくりや。あれ、よし江は？

三郎　さあ、こっちには。

サヨ　房吉か。四月の田起こしまでに、一頭、頼むわ。

房吉　南部馬や道産子との掛け合わせなら……。

サヨ　木曽馬がいい。女手だけじゃ、おとなしい木曽にかぎる。

房吉　へい。木曽福島に聞いてみます。

三郎　おめは、昔っから馬が好きだったでな。

サヨ　小豆まで馬にやっちまって、ぼた餅ができねえってカミサンが怒ってた。ハハハ。（出ていく）

リュックを担いだ上條、「お使いでございます」と来る。

三郎　（奥へ）親爺！　人間に赤紙、馬に青紙で戦に引っ張った小役人が来たぞ。

上條　太郎さん、お帰りになっただってね。

三郎　支那との戦で大陸に渡った軍馬百五十万頭。一頭でも戻ってきたか！（出ていく）

多聞、「やっかいなことじゃないだろうな」と出てくる。

上條　（缶詰を出して）これ、ホワイトって兵隊が村長にって……。

多聞　なんでわしに。（見て）毒入りかもしれんな。

上條　どうやら、嗅ぎつけたようです。（囁く）

葛西　（近づいてきて）何を嗅ぎつけたんです？

多聞　地下工場か？

上條　へい。

多聞　ありゃあ、軍と熊谷組がやったこっつらに……。

上條　熊谷組の支那人捕虜の虐待事件では、こっちの警察もＧＨＱに調べられているそうだに。

多聞　警察もか。

上條　役場にも、調査がへえるでしょう。
葛西　なんのことです。
多聞　先生は関係ねえで、あっちゃ行け。
上條　（リュックを開ける）始末したほうがいいと思いまして……。
多聞　（見て）作業日誌が残っとったか。

そこへ、潤久が、蒲団を持って出てきた。

潤久　これも、下の家に運ぶだね。
多聞　ああ、ボク。それよか、こいつをくべてくりや。
潤久　へい。（と蒲団を置いて、書類を受け取る）
上條　（出して）土地収用計画と、拉致朝鮮人の問題だじ。
多聞　でけえ声を出すな。
葛西　（のぞき込んで）「拉致労働者作業日誌」。
多聞　あっちゃ行け。穀潰し！
葛西　穀潰しは否定しませんが。
多聞　うるせえ！　うしゃがれ！
上條　明日、役場に来るそうだじ。

多聞　（行きかける葛西に）先生！　明日、役場まで来てくださらんかね。
葛西　役場に？
多聞　米軍の英語、通訳してもらえねえだか。
葛西　イヤイヤイヤ。私の英語なんか、現場じゃ、役に立ちません。（そろりと逃げ出す）
多聞　地下工場関係はこれで全部か。
上條　中国人労働者が騒ぎ出し、ＧＨＱが調査を始めれば……。
多聞　しゃべくってばっかりいねえで、てきぱきやるんだ。

三郎が大鍋を持ってきて竈にかける。

三郎　なに、燃やしてるんだ。
多聞　（カンヅメを見せて）三郎、これが読めるか？
三郎　（読んで）カンビーフ。こりゃ肉の缶詰だ。こいつをひっぺがして、この穴に巻き付けて開けるんだ。
上條　そうだ。三郎サは、カリフォルニーの農場へ行っとらしたんたんだ。

上條、書類を運ぶ。

三郎　（読んで）里山辺地下工場？
多聞　なあ、三郎。お前に、進駐軍との通訳をやって欲しいんだ。
三郎　進駐軍の通訳？（まじまじと見て）親爺、なにやったんだ？
上條　里山辺の金華山にトンネルを掘り、二万三千へーべ地下工場を作ったんだじ。
三郎　地下工場？
上條　零式艦上戦闘機を作っていた名古屋の三菱重工がB29による空襲を受けまして……。
三郎　零戦の工場をこの松本に？
多聞　陸軍航空隊から、入山辺、中山、笹賀、里山辺の村長が呼ばれたのが十九年の二月。村にけえって公会堂に村の衆を集めて、国家存亡の折、みなさんの田畑に地下工場を建設することに協力して欲しいと頼み込んだ。
上條　村民たちは納得できねえと騒ぎました。
多聞　苗代では苗が伸び始め、畑では麦が後作を待つような穂をそろえていただじ。けど、軍のやることに逆らえん。
上條　三月には三重県から五百五部隊と松本平の各町村から集められた壮年団、資材を積んだトラックがやってきて、十日待てば刈り取りのできる麦畑をなぎ倒していったさ。五百五部隊はお寺に分宿。工兵隊は役場と学校に入れて。
多聞　人口二千の我が村に一万人を超える労働者や軍属だ。これも燃やしてくれ。
三郎　軍需工場なら全国にあったろうが。アメリカさん、どうしてここだけ？

上條　突貫工事に七千人の朝鮮人徴用工と、八路軍の捕虜を使いまして……。
三郎　……。（コンビーフをかじって）おお、グッ、テイスト。父上もどうです。
上條　支那人は長野県内で、三千四百人が連行され、松本の半地下工場には五百三人。七人が死亡しています。
三郎　捕虜虐待か。朝鮮人は？
潤久　朝鮮人たちは、薄川の堤防沿いに金華橋から小松橋まで三角形のバラックに住んでせぇ。
三郎　七千人の食いものは？
潤久　ひでえもんさ。
上條　日本人でさえ飢えていたで……。（書類を出す）
三郎　（見て）Matsumoto Liquidation Office. 米国戦略爆撃調査団か。
多聞　たしかに、わしは当時の村長だった。
三郎　そいで？
上條　最高責任者堺少佐は八月十六日にはどこかへ消えた。将校たちも飛行機の部品なんかをかっぱらって逃げちまった。
三郎　（楽しそうに）来月には極東裁判が始まりますね。フィリピンの山下大将、処刑されたんだってね。本間中将もこの三日に、バーン。

サヨ、やって来て「ああ！」と叫ぶ。

サヨ　クドで火くべたのはどこのターケじゃ。ボクか。
潤久　すみません。オカミサン、許しておくりゃ。
サヨ　採ってきたばっかの竹の子が、炭になってる。
多聞　竹の子がなんだ。こっちゃ命がかかってるんだ。

三郎、笑う。
そこへ「ああ、いいお湯だった」と佐和子。
「極楽、極楽」と太郎。
玄関のベルが鳴るので、多聞、びくりとする。
よし江、「はーい」と出ていく。

多聞　ボク、その蒲団は下の家だ。
潤久　あい。（担ぐ）
多聞　上條。おめが頼りだぞ。
上條　戦時中から村長には……。
多聞　なんかあったら知らせてくりや。（奥へ）
よし江の声　お義母さーん。

サヨ、玄関へ。
上條、木戸から帰っていく。

三郎　義姉さん、コリーのスメルジャーコフ、どうしたんです。
佐和子　スメルジャーコフ！　京城駅までくっついてきて……。
三郎　葛西先生の家じゃあ、シロを殺したって。お国のために犬を献納しましょう。大きい犬は三円、小さな犬は一円。
佐和子　犬を献納してどうすんの。
太郎　皮剥いで、軍用外套にしたのさ。
佐和子　朝鮮人たら犬、食べるのよ。総督府に勤める朝鮮人の家に招待されるとね、裏の方でキャーン。

よし江が駆け込んで来て、座ぶとんを出す。

三郎　どうした。
よし江　二郎サの戦友って方が。
三郎　二郎兄さんの戦友。
よし江　そう。

そこへ、「こちらへ」と、多聞とサヨが幸田を連れてくる。

多聞　ま、そこへお座りください。
幸田　自分は、元海軍中尉幸田正と申します。
よし江　テニアン島で二郎さんと一緒だったと。
サヨ　（よし江に）お茶を差し上げて。
多聞　二郎の父です。
幸田　残念なことをしました。

トメが茶を持って出てくる。

サヨ　どんなんだったか、聞かしておくりや。
幸田　はあ。……十九年二月、テニアン島守備を任務とする自分ら海軍第五十六警備隊はテニアンに転進しました。そこへ満州遼陽より松本五十連隊が到着しました。
多聞　信州の部隊は寒冷地で訓練を受けとるで、極寒の満州に……。
幸田　望月上等兵は、四方を海に囲まれた小さな島は心細いと言っとりました。敵潜水艦に包囲され、武器と食糧の補給もない。（手帳を出して）テニアン、サイパンに米軍機の大空襲あったのが六月十一日。六月十五日、米軍はサイパンに上陸。七月二十四日、米軍のテニアン上陸を阻止しましたが、松田大尉が率いる第一大隊は玉砕……。

よし江　その日に戦死したの。

幸田　いいえ、望月上等兵は、生き延びた六名の中に入っておりました。

よし江　ほいで？

太郎　玉砕の後、生きのびた。

幸田　自分らは、米軍のゴミ捨て場で残飯や牛肉を拾って命を繋ぎました。

太郎　敵の残飯を食ったのか……。

幸田　ある日、ゴミ拾いをしている最中、崖の上から投光器の光に照らされ、日本語で「もうテニアンの戦争は終わったのだ。上に上がれ。逃げても無駄だ」という声が聞こえました。観念して上に登り、自分らが、山に残してきた望月上等兵たちのことを話すと、米兵は箱にサンドイッチを六名分詰めさせ、仲間を連れてこいと言いました。

サヨ　二郎に会えただかや。

幸田　はい。しかし、望月上等兵は「自分は投降はできない」と言います。「最後まで戦う」と。

三郎　馬鹿ぁ！

沈黙。

よし江　それっ切りだったかね。

幸田　残念ですが……。

サヨ　今でも山の中で生き延びてるかもしれないね。

幸田　サイパンはタッポーチョ山《やま》があるから逃げようもありますが、テニアンは平坦な珊瑚礁の島ですから、隠れるところがありません。

沈黙。

トメ　（戸の陰から顔を出している葛西に）先生、こっちへ出てらっしゃい。

葛西　君が二郎さんの戦友とはね。

三郎　勝てもしない戦を続けるなんて犬死にだわ。

幸田　それは、ちがうと思います。昭和二十年八月、自分らはハワイに送られ、頭に残ったままになっていた銃弾とリーフの破片を摘出してもらいながら、広島、長崎にアトミック・ボンブが落とされたことを知らされました。

三郎　ピカドンか。

幸田　原爆を積んだＢ29は、テニアンの飛行場から広島と長崎に向けて出撃していったのです。

沈黙。

サヨ　二郎はアメリカと戦い続けたのだね。
幸田　はい。望月上等兵は「Ｂ29が日本に向かって飛び立って行くかぎり戦いをやめない」とたった一人で……。
多聞　ほれでこそ、大和男児だ。
三郎　食べるもんも着るもんも鉄砲玉もなくて、どうやって戦うんだ。
多聞　英霊に失礼だ。

よし江が、部屋から駆けだした。

幸田　自分らは、滑走路脇のキャンプで支給されたレーションを食いながら、毎日西に飛んでいくＢ29を見ていたんです。
三郎　松本五十連隊が投降したから、広島、長崎にピカドンが……
太郎　引き揚げ列車が広島の町に入ったときはびっくりした。真っ平で、丸ビルの大きさのブルドーザーが通り過ぎたとしか思えなかった。
多聞　わざわざ、報告に来てくださいまして……。
サヨ　幸田さん。もう少し、二郎とのテニアンでのこと、話してくれましねか。
幸田　（時計を見る）すみません。最終に間に合わなくなります。（立ち上がる）
多聞　幸田さん。むさっ苦しいところだけんど、せめて一晩、お泊まりになってください。

幸田　そんな。初めてお訪ねしたお宅に……。
サヨ　幸田さん。あなた、五目ご飯、好き。
幸田　この五年、食べていません。
サヨ　山菜の天ぷら召し上がるかいね。
幸田　頂きます。
太郎　酒、飲むだろう?
幸田　はい。いただきます。
佐和子　おやき、食べるかしら。
幸田　はい。いただきます。

トメ　客人《まろうど》は亡き子の友と思い出の　またも涙に袖ぬらすかれ
サヨ　幸田さんは米を食べて泣き出した。補給路を断たれた日本軍人は米の穫れないテニアンで、どれほど白米の夢を見たかって。海岸の洞窟で二郎とガマガエル、カタツムリを食べたんだと。
トメ　米の出荷割り当てをこなすため、朝三時に起きて草鞋をはき、大八車を引いて山草を刈り、牛に踏ませて堆肥を作り、少しでも多く穫るために働く。
よし江　「もし余が戦陣の玉と砕けしならば、汝は国を愛し一命を捧げ、しかして我が妻をこよなく愛せし夫の妻なりしを履歴の思い出に女性としての自尊心ある生活を送られよ。もし、晴れて聖戦の野より帰る日あらば、永遠に汝が優しき夫たらむ。」

四月二十二日。こぶしの花が咲くと麦狩りして田起こし、畦塗り。田植えまで息ぬく暇もない。竹原の桑畑に石灰窒素をまく。大麦に智利消石と過燐酸石灰を撒かねばならんに肥料がない。桑の下草をかきからす。サイロにライ麦を切り込む。トウキビを植える。四月二十三日。田の中廻し、代ごせ、荒くれつぶし畦作り。麦に肥やしをかけて土入れ。四月二十四日「愛国」を蒔く。二十五日、落花生、甘藷、陸稲、大豆、トウモロコシ。里芋、茄子、胡瓜。麦刈り。

3

夕刻。葛西が分厚い本を読んでいる。
サヨが小机で字を書く練習をしている。隣にモーニング姿の多聞。

多聞　太郎はどうした?
サヨ　佐和子さんと、畦塗りを見るだって田圃にでかけましたいね。（見せて）これでいいずらかいね。
多聞　まあ、読めんこともねえ。それに三郎の郎だ。三郎は、今日も野良に出たようだな。
サヨ　よし江と畦塗りしてます。
多聞　よし江も、亭主が還ってこねえで、ズクがでねえな。
サヨ　三日間毎晩、啜り泣きが聞こえてたわ。だけえども、今はいちばん忙しい季節だで、野良に出とる。もういいいい、うらしいでなあ。
多聞　なあ。
サヨ　あい。
多聞　二郎が還らんとすりゃあ、よし江を三郎と直すというのはどうだ。
サヨ　三郎とか?
多聞　存外、似合いかもしれんと思ってな。下山辺の村長んとこ。本家の倅が戦死したんで、嫁を分家の次男に嫁に直したと。

サヨ　よし江は、まだ二十六だんね。トメ義姉さんのように実家に戻るのも、肩身が狭いずら。

そこへ、トメが「上條が来ただに」と入ってくる。

多聞　ああ。（サヨに）善明寺に行くで、例のもの。

サヨ　あい。（去る）

多聞　（入ってきた上條に）どうだ？

上條　下田の字《あざ》は固まったずらいね。植原先生は当選八回だて案じることあないでしょう。

多聞　県知事、社会党と共産党の推す林虎雄に取られたんだぞ。田中先生の長野市の地盤は堅いが、松本は浮気者が多いからな。

二人、座敷の方へ。

トメは、お焼きを作りはじめる。

葛西　トメさん。

トメ　山菜入りお焼きですよ。

葛西　そうじゃなくて、嫁に直すってどういうことです。

トメ　妾を本妻に直すっとかさ。死んだ長男の嫁を次男の嫁に直す。そんな話し、あるだかや。
葛西　いやいや。……息子の嫁は家のもの。封建制の遺物ですね。都会では考えられない。
トメ　そら、先生とこは、田圃がねえから気楽だあな。
葛西　そうかぁ。ご先祖の血と汗の結晶を子供に引き継いでいくんだ。
トメ　おらほじゃ、嫁入りしても籍、入れねえだいね。わしが深志の家に嫁にへえったのは十九の歳せ。二百三高地で連れ合いが戦死してね。子供ができなかったから出戻りさ。
葛西　嫁は総領息子を産むために家に入る。
トメ　だでな。二郎サが応召したとき、サヨさが多聞に泣いて頼んで、よし江を望月の籍に入れただわね。
葛西　二郎さんの戦友、今日も田圃に出てるの。
トメ　田起こしの時期は、どこの農家も猫の手も借りたいでね。
葛西　ま、ここにいれば只飯が食えるから。もう一週間の居続けだ。
トメ　一年、居続けの先生もいるがね。
サヨ　(戻ってきて) トメさ、風呂を沸かしておかずい。

そこへ、モンペ姿の佐和子と太郎が「ただ今」と野良から帰ってくる。

トメ　どうかね。

太郎　空気がおいしいなあ。（鍬の土を落とす）
佐和子　幸田さん、おかしいのよ。三郎さんと張り合っちゃって。自分を望月二郎の生まれ変わりだと思ってくださいなんて言うんだけど、都会育ちだから何度も田圃の中で転んで、よし江さんに笑われてる。
サヨ　去年な、わしとよし江とボクだけだったで往生したいね。
葛西　前から不思議に思ってたんだが、どうして田圃の水は、地下にしみ込まないんですか。
トメ　底締めといってな。田の底へ細かい土を入れ床突きしるんだ。それから肥料を入れて、水を張り代掻きしてあぜ塗りして、やっとこさ田植えだ。働き手を戦に取られて三年ほって置いた田圃は、三日水を入れ続けても、田の床がスカスカで水が溜まらねえ。
サヨ　こぶしの花が上向きだてね、今年は豊作だんね。
葛西　迷信ですよ。そんな迷信信じてるから、日本はアメリカに負けたんだ。
サヨ　トメさ、風呂。なあ、明日も天気なようだて、山にワラビとりに行かず。
佐和子　お義母さま、明日は選挙ですよ。

トメ、風呂場へ行く。

サヨ　選挙に行くと、なんか得でもあるだかや？
葛西　（新聞を読む）「敗戦日本の運命をきめる総選挙を立派に果たすため、一人の棄権もないようにと官庁、銀行、会社、工場、学校は休日としてあつかい、家族そろって投票できるようにした。」

サヨ　百姓は休みじゃねえ。どうして田起こしで忙しいときに選挙やるだ。だいたい着ていく着物がねえよ。

葛西　（読んで）「主婦が投票所に行くときは、赤ん坊を背負っていっても差し支えない。」「投票所へは下駄で行ってもいい。」

サヨ　選挙に行ってもなんの得もねえが、山へ行けばワラビやたらの芽がとり放題だ。

佐和子　お義母さま。日本の婦人がね、初めて選挙権を手にしたんですよ。

サヨ　（手を出して）手にした覚えはないけえどね。

太郎　デモクラシーは喰えねえし、デモ苦しい。

サヨ　こっちは忙しいだ。畑じゃ麦が穂をそろえてるし、里芋に堆肥をやらにゃあならん。

佐和子　お義母さま。男たちがアメリカと戦して負けた。その結果、女性が選挙権と財産権を手に入れたんです。

サヨ　投票、行かねえと警察に引っ張られるだかや。

佐和子　選挙権は、国民の義務ではなく権利なんです。

サヨ　鳥も獣も選挙なんかしねえ。だけえども、なんのさしつけーなく生きてきたさ。（と奥に行く）

佐和子　道は遠いわ。

葛西　民主主義は最悪の政治形態だ。ただし、これまでに試されたすべての形態を別にすればの話であるが。ウィンストン・チャーチル。It has been said that democracy is the worst form of government except all others that have been tried.

太郎　母さんは、字が書けないんで投票に行きたくないのさ。

葛西　本当ですか。

太郎　……親父は女房は働いて子供を産むためのもんだから、教育なんかない女がいいって。

葛西　（読んで）「自分の投票したい思う立候補者の姓名をカタカナでもいい、紙片に書いてもらい、それを投票所に行って写す。」

佐和子　（新聞を取って）へえ、自由党が勝ちそうだって。

太郎　自由って言葉の響きが新鮮だからね。

畑から、三郎、幸田、よし江、帰ってくる。

トメ　（出てきて）ご苦労さんでござんした。風呂、沸いてるで、入っておくれ。山菜入りおやきができてるに。（と奥に行く）

太郎　おやき。いいですねえ。

よし江　幸田さん。先に入ったら。田圃になんども尻餅ついてドロドロだじ。

幸田　じゃ、お言葉に甘えまして。（と去る）

そこへ、多聞。

多聞　三郎。ご苦労だったな。
三郎　駄目だ。五年ぶりに百姓は、まあずできねーや。
多聞　おめが、田起こしに出てくれたことを嬉しく思っている。
三郎　俺は、この家の家督なんか継がないよ。
多聞　一反七百二十円で買い上げるって政府は言っているんだ。闇米三斗分の金で一反歩の田圃、こんな無茶苦茶があるか。
太郎　卵三個、やるから雌鶏一羽よこせか。
多聞　このままじゃ、望月の家は「井戸塀」になっちまうぞ。
太郎　（歌うように）家が廃れて朽ち果ててェ、残るは井戸と塀ばかりィ。
多聞　他人ごとみたいに言うな。わしらのご先祖さまが営々として拓いてきた田畑を、わしの代で……。
三郎　そら仕方ねえ。田畑はお袋たちに任せっぱなし。おやじは正真正銘の不在地主だもんな。
多聞　村長、農会長、在郷軍人会長、大政翼賛会長を兼任し、この里山辺のために働いてきたんだ。野良仕事なんかやっている暇はなかった。
三郎　作った米の半分を、ここのにわに積む小作たちのお陰でな。
多聞　そのお陰で、うんずらは好き勝手をやってきた。
三郎　……。
多聞　口先でもいいから、やりますって言ってくれりゃあいい、いいのせ。

三郎　……解放をまぬがれた後で、小作たちに売り渡そうって腹だな。
佐和子　お義父さま。私たちがお百姓になります。働きます。
多聞　おめたちが？
佐和子　引き揚げ者には、井戸塀どころか、雨風をふせぐ屋根だってないんですもの。
太郎　佐和子……。
佐和子　辛抱する木に花が咲く。やりましょうよ。だって私たち、この日本に家も仕事もないのよ。

サヨが鞄を持ってきて多聞の傍らに置き、小机で字の稽古を始める。

佐和子　新しい時代が来たのよ。私たち働かなくちゃならないの。ねえ、あなた、働きましょう。お義父さま、私たちがお百姓をするって言えば、田圃、残せるんでしょう。
太郎　どうかな。共産党は一人一町歩でなく、一家族一町歩を主張している。
佐和子　一町歩って？
太郎　三千坪。
多聞　「むかし予科練・いま共産党」。先月、日本共産党の時局批判演説会には高倉テルも松本にやって来て、不在地主を叩き出せって怪気炎を上げたようだ。

上條が戻ってきて、鞄を受け取る。

三郎　でも、この村には望月多聞って大物がいる。この選挙で酒を三斗、米も六俵使ったそうだと。この鞄の中、なにが入っているんです。
多聞　おめの知ったかことか。
三郎　なにが民主主義だ。この村じゃ、八つの字《あざ》ごとに、その字の中の部落ごとに、部落の中の小字ごとに、小字の一戸ごとに誰が百円もらったかすっかりわかっている。
多聞　こびっちゃく。ごたこくでねえ。わしに楯突くとどういうことになるか……
三郎　明日から、サージェント、ホワイトと里山辺の聞き取り調査ですよ。お忘れなく。
多聞　……。
トメ　（出てきて）佐和子さん、お子たち、学校からけえっつら。お芋、ふかしたから、みなさまお座敷へ。
佐和子　まあ、お芋。（太郎と座敷へ行く）

多聞と上條、出ていく。

サヨ　（声をひそめて）三郎。
三郎　なんだい母さん。
サヨ　高倉テルってどう書くだ。

三郎　明日、選挙に行くのかい。
サヨ　行かねえと親父様に怒られるでな。
三郎　親爺は誰に入れろって言ってるんだい。
サヨ　（紙を出して）これを書けって。
三郎　本多市郎、自由党だな。
サヨ　たかくらてるって、どう書くだ。
三郎　高倉テルは親爺の嫌いな共産党だよ。
サヨ　わしがたかくらてるに投票したらおかしいかや。
三郎　おかしかないよ。高倉テルは上田自由大学を作り、農業協同組合、水利組合の研究をしたえらい人だ。高倉テルは、カタカナでいいよ。
サヨ　本当か？（書く）タ・カ・ク・ラ・テル。
三郎　母さん、すごいよ。
サヨ　なにがさ。わしだってカタカナぐれえ。
三郎　すごいよ。

トメ　進みゆく世の様見えて　若竹は　親より高く伸びたちにけり
五月二十四日、天皇さまは、「祖国再建の第一歩は食生活の安定にある。戦争の前後を通じて、地方農民はあらゆる生産の障壁とたたかい、困苦に堪え食糧の増産と供出につとめ、その努力はまことにめざましいものがあったが、主として都市における食糧事情は、いまだ例を見ないほど窮迫し、その状況はふかく心をいたませしめるものがある」と仰せられた

よし江　六月十二日。今日は一号二枚の田植え。午後からイタチハギの草むしり。リンゴの消毒があったので、半分しかできなかった。牛が発情したので組合に来て種付けをしる。明日は、リンゴに木炭をやるが、波田原の葡萄にやる硫安、燐酸、カリが手に入らない。

4　（ささらほうさらな日）

ヨシキリが鳴く。
トメがたらいに水を入れている。
土地台帳を見ている多聞。
野良着姿の佐和子が、奥から出てくる。

多聞　こりゃあ、本物の早乙女だな。
佐和子　手が多いから、日が暮れるまでに三反歩終わるって。
葛西　（出てきて）おはようございます。おや、望月林業の社長夫人が田植えですか。
佐和子　汗、流すってこんな楽しいことだって知らなかった。
多聞　東京都は一軒に十つぶずつカボチャの種を配ったとよ。
葛西　銀座の昭和通りで、麦刈りですよ。（バケツを持ってきたトメに封筒を出して）トメさん、後で郵便を出してください。
トメ　昨夜《よんべ》はうんとこさ遅くまで電気がついてたね。（たらいに水を入れる）
葛西　原稿を、書いててつい夜更かししちまった。
トメ　学問のある人はいいねえ。大学の先生しなんでも、筆だけで食べられるだでせえ。
葛西　なかなか。筆は一本、箸は二本で追いつかない。

トメ　先生も田圃に出てみっか。
多聞　若い時分に楽したもんは、大きくなってもズク出すことをしらねえだ。
佐和子　田植えしたすぐは、肥料はやらないんですって。
トメ　田植えの後、養分があると稲がさぼるだいね。肥料がなければがんばって養分を探して根を伸ばす。そこへ肥料をやねだいね。
佐和子　太郎さん、生きている実感が湧くなんて言っちゃって。
葛西　三郎さんも田圃ですか。
トメ　三郎サは、朝からオート三輪で、浅間温泉の米軍事務所に行きましたんね。
佐和子　さっき、アメリカのＧＩと川沿いの道、歩いてた。
葛西　（腰を浮かして）米軍が、下の川まで来た。
トメ　土手に連れて来られた朝鮮人が住みついちまっただいね。
葛西　（封筒を取って）郵便局、役場の裏だったね。
トメ　いいんね。後でわしが持ってくで。（よしずをとる）
葛西　トメさん、水くみでしょう。（出かけて行く）
佐和子　（背中に）そう、たまには身体動かさなきゃあ。働かざる者食うべからず。
多聞　先生をあんまり苛めなさんな。
佐和子　学問のないものは働けみたいな顔して、偉そうなんだもの。
多聞　あれも、好きでここにいるわけじゃないんだ。

トメ　（よしずを持って戻ってきて）ツーホーだってよ。
佐和子　通報？
多聞　先月の七日に教職追放が出て、大学、追い出されたんだ。
佐和子　悪いことしたんですか。
多聞　軍国主義を煽った先生は、「教員不適格者」なんだそうだ。
トメ　入山辺小学校の校長先生も、やめさせられたって。
多聞　ケリーって教育監督官がやって来るっんで、ジープが来るまでの三日間、歴史や修身の掛け図、乃木大将、木口小平、爆弾三勇士の絵を校庭に積み上げて燃やしたそうだ。
トメ　佐和子さん、水、浴びたら。（バケツを持って出て行く）
佐和子　そうね。着替え持ってくる。（出ていく）

サヨ、多聞にお茶を持ってくる。

サヨ　なんして、佐和子さ、田圃から戻ってきたか。
多聞　虻にでも刺されたか。
サヨ　（笑って）野良でお尻を出すのが嫌だやて、手水場、借りに戻ってきたんだじ。
多聞　野良でしっこまれねえ？　じゃ、村中の田んぼに公衆便所、作らにゃあ。

木戸から、上條が来る。

多聞　何だ。不景気な面、ぶらさげて。

上條　（汗を拭きながら）村長。また、一つ難題が出ました。

多聞　聞きたくねえ。

上條　今《こん》だ、開拓地の割り当てです。

去りかけたサヨ、立ち止まる。

上條　全国の農業希望家族、一万四千戸。開拓可能な候補を県ごとにまとめるようにとの通達です。

多聞　開拓可能な土地？　馬鹿叩くんじゃない。信州に余った土地があんなら、村、分けて満州を開拓に行くこともなかったじゃねえか。

上條　百姓希望者には、五反歩の耕地と九百八十円の補助金を出すそうです。

多聞　一万四千戸に五反歩なら七千町歩だ。

上條　満州から開拓団が百万人、支那から百五十万人が還ってきます。

多聞　やっとこさ学童疎開がけえったと思ったら、今《こん》だは入植者を引き受けろか。この村は米作ってるんだぞ。だに、学校に弁当、持って来ない餓鬼がいるんだぞ。

郭公が鳴く。

サヨ　満州からは、いつけえって来るんだい。

上條　第一陣が先週、博多に着きました。

サヨ　あっちで苦労しただにせー。

多聞　……このあたりの畑作れる土地はみーんな開拓しちまったよ。

上條　千葉県は御料牧場のある三里塚を、開拓候補地に上げたって……。

多聞　山ばっかの長野県に、開拓できる土地がどこにある。

上條　青森では、六ヶ所村ってとこを候補に上げとるそうです。

多聞　満蒙開拓民の割り当て。供出米の割り当て。今《こん》だ、開拓地の割り当てか。国は割り当てすりゃすむんだろうが……

佐和子、着替えを持ってくる。
トメ、バケツに水を汲み持って来る。

佐和子　使わせてもらいます。（と、よしずの中に入る）

上條　松本市では、この上の美ヶ原を開拓したらどうかと。

サヨ　美ヶ原？

多聞　ごたこくな。冬場にゃ氷点下二十度にもなる五千尺の高地で何が作れる。
サヨ　あっこは、西日しか当たらねえだに野菜だってできんよ。

そこへ、潤久に担がれた太郎。続いて、日よけの経木帽子、モンペの上にエプロンをしたよし江。

佐和子　（飛び出して）どうしたの？
潤久　田植えしとって、急に腰がいてえと……。
トメ　あらあら、ぎっくり腰かや。
太郎　足手まといになってすまんな。
上條　やあ、太郎サも百姓になるんですか。
太郎　（潤久に支えられながら足袋を脱ぐ）いや、百姓にはなれんことがわかった。イテテテ。
多聞　百姓になるなんてあだじゃねえに。
トメ　奥に寝かせるだよ。

佐和子と潤久は、太郎を奥に連れて行く。

上條　とりあえず、これから美ヶ原を見て来ます。（去る）
多聞　（背中に）余計な先っ走りしるんじゃねえぞ。（奥に去る）

サヨ　小松菜が雑草に負けそうになって、寝てるわけにいかねえ。野菜の声が聞こえねえようじゃ百姓じゃねえ。よし江、先に水浴びたら。
よし江　ありがとうございます。（動かない）
サヨ　どうした？
よし江　長い間、お世話になったけんど、田植え終わったら、ひまをもらいたいと思うだいね。

沈黙。

サヨ　「春嫁は貰い方の勝ち」って言うわなあ。おめは春に嫁に来たとたんから、田起こし、田植えと寝る間もなく働いた。稲刈りの終わった秋に来た嫁は、次の春までただ飯を食う。
よし江　（笑った）また、稲刈りのときに手伝いに来るわね。
潤久　（出てきて鍬を持って）おら、キュウリの土寄せに行ってきますだ。（出ていく）
サヨ　よし江。
よし江　あい。
サヨ　お前、三郎と直して、ここの嫁でいてくれめえか。
よし江　おらが三郎サと直るのかや。
サヨ　そりゃ、おめはまだ若い。いくらもいい話があるずらが……。
よし江　そら、わしにはもったいないお話しだけんど。

サヨ　おめ、三郎が嫌いか?
よし江　……。行水、使わせてもらう。（着替えを持ってよしずの中に入る）
サヨ　どうだ。
よし江　（よしずの中から出てきて）三郎サは、おっかねえ。
サヨ　おっかねえか。
よし江　なんか、黒いもんが……。体ん中に動いてる。（よしずに入る）
サヨ　黒いもんか。
よし江　ぞっとしるだ。
サヨ　そうさやあ。戦帰りはみな、どす黒いもん抱えとる。北支からの三郎の手紙、何度も読んでくれたな。
よし江　「電線を切ったり鉄道を壊したりする土民の討伐に出て、二、三十人は皆殺しにしました。」（よし江のモンペが、よしずに掛けられる）
サヨ　戦地から還って来た二百万の兵隊さんは、みんなどす黒いもん胸ん中、抱えて踏ん張ってるのさ。……慰めてやっておくれ。
よし江　お義母さん、わしは、へー年だじ。
サヨ　なにを言ってるだ。まだ二十六じゃんか。（覗いて）子供生んでねえでお乳だってピッカピカだ。

そこへ、佐和子が奥から。

佐和子　ぎっくり腰なんて、みっともない。

サヨ　どうだい、塩梅は。

葛西が郵便局から帰って来た。

オート三輪の止まる音がする。

サヨ　三郎、けえってきたな。（台所へ）

葛西　オート三輪で、芋を市内に持って行って売りさばいてるんですってね。

佐和子　ジャガ芋の公定価格は一貫二円四十銭だけど、闇相場じゃ三十円だもの。

葛西　十二・五倍ですか。

佐和子　三郎さんが帰ってきたら、村の娘たちがみんなおめかし始めたんですって。

葛西　戦でたくさんの若者が死んで、男一匹にオート三輪一台分の女だから。

佐和子　湯ノ原の戦争未亡人の家にも入り浸ってるって噂よ。

葛西　亭主が兵隊に取られて、まだ若いで。親切にしてくれる人でもあれば、よりかかるのが人情だ。

佐和子　三郎さん、浅間温泉の米軍事務所に出入りしてるでしょ。横流しのバターやチーズ持って。

（歌いながら指でおいでおいで）カム、カム、エブリボディー。（つと、奥へ行く）

そこへ、胸に銀色のチャックのついた焦げ茶の飛行服に赤皮の半長靴の三郎。

葛西　Sabu. You seem to be very successful these days.（サブ。商売繁盛なようだな）

三郎　Yeah. Good-bye hollow prayers. Hello full stomachs.

よし江の声　なに言ってるだ？

三郎　「精神主義よさようなら、たらふく食えば心も豊か」。肉体の悪魔だぞ。

三郎がよしずの中を覗いて、水をひっかけられた。

よし江、よしずから出てくる。

葛西　オート三輪で芋を市内に運び込んで、どうして経済警察に捕まらないんだい。

三郎　（半長靴を磨きながら）役所は五時に交代になって、みなさん飯を食う。その五時から五時半を狙って金華橋渡って、市内に大豆や芋を運び込むんです。

葛西　知恵者だなあ。

三郎　百姓が半年かけて、一反一畝の畑で白菜や大根を作る。そいつを市内で売りゃあ、千円に化ける。（オエに上がる）

葛西　馬鹿馬鹿しくて百姓なんかやってられないな。

風呂敷包みを持った太郎と佐和子が出てくる。

佐和子　夕餉の支度ができましたって。
葛西　ありがたい。お腹がぺこぺこです。（出ていく）
佐和子　（太郎をつつく）
太郎　なあ、三郎。（ズボンを見せて）これ、俺は着ないから、お前、着てくれないか。
三郎　ほう、純毛じゃん。
太郎　生地は英国ものだ。
佐和子　南大門の三越で仕立てさせたのよ。
三郎　……幾らだい。
太郎　三百円でいいさ。上着も付ける。（腰に手をやり）あ痛タタ、タ。
三郎　欲の皮も突っ張らかせて。

よし江、奥にはいる。

太郎　三千円でもいい。子供たちが甘いものを欲しがってな。
三郎　（腹巻きから財布を出して）これで、紘一たちに甘いもの買ってやりな。

太郎　恩に着るよ。
多聞　（出てきて）佐和子、お子たちもご飯だ。
佐和子　はい。

二人、出ていく。

多聞　アメさん、金華橋に来たって。
三郎　住み着いた朝鮮人から聞き取り調査、しています。（立ち上がる）
多聞　（呼び止めて）三郎。
三郎　あ……。親爺がそういう顔しるとき、ろくなことがねえ。
多聞　どうだ。よし江と直ってくれまいか。
三郎　（びっくりした）よし江と直す？
多聞　そうしてくれりゃあ万事、うまく行く。
三郎　いい加減にしてくれよ。馬じゃあるまいし、種つけ馬がくたばったから、こっちの雄と掛け合わせましょう。あんまりじゃねえか。
多聞　よし江はこの家に来てよく働いてくれた。
三郎　ほれでせ、馬じゃないって言ってるんだ。馬なみに働く嫁だで里へ帰したくない。そりゃ勝手すぎる。

多聞　よし江が嫌いか？　いい女じゃないか。おめは馬だと叩くがな。田植えからけえって行水しとると、胸なんか、おめ、白くて柔らかそうで、あいつの乳は備前の白桃だな。
三郎　親爺、覗いたのか？
多聞　あれを、実家にけえしちまうなあもったいねえ。
三郎　兄貴たちが百姓やるって言ってるじゃないか。
多聞　楽して生きてきた奴らに百姓は無理だ。おめとよし江がここを守ってくれりゃあ、わしも安心だ。
三郎　……。
多聞　家あっての家族ずら。
三郎　家あっての家族。（笑う）国あっての国民。……国は滅びた。だけど国民は亡びてねえ。
多聞　また書生の講釈か。いいか、ご先祖様から受け継いだ田畑を望月の子孫に残すんだ。
三郎　不在地主の田畑が小作人の手に渡れば、ＧＨＱは喜ぶさ。
多聞　わしの言うことが聞けねえだか。だったら、この家を出て行け！
三郎　ふん。親爺風吹かしやがって。時代は変わったんだじ、しゃらうるせえわ。
多聞　なんだと！　それが親に向かって叩くことか！　ちゅんこずくな。
三郎　ごうが湧く親爺だ。
多聞　このおんじょこきが。

浴衣に着替えたよし江、「三郎サ、やめてください」と飛び出してくる。

三郎　義姉さん。おやじは、木曽の馬喰せ。義姉さんと俺を掛け合わそうって叩くんだぜ。
多聞　よし江、どうだ、こんなズクなし野郎じゃ嫌だなあ。
よし江　三郎サと直して頂くなんて、わし、考えてもみねーいね。
多聞　じゃ、どうしるんだ。
よし江　田植えもすんだし、実家にけえります。
三郎　それが筋ってもんだ。こんな家で一度しかねえ人生潰すこたあねえ。
多聞　よし江。亭主の葬式終わったとたんに、出るだの退くだのたあ、薄情すぎまいか。
三郎　跡取りの葬式終わったとたんに、次の亭主の話をすんのは、薄情すぎめえか？
多聞　おめた二人で決めるこった。勝手にせい。（去る）

沈黙。三郎は、よし江をしげしげと見る。

三郎　よし江さ。美濃早生大根を蒔けよ。沢庵漬け工場に売ってやるよ。
よし江　……。
三郎　よく、こんな家で我慢してきたな。
よし江　……。
三郎　この家へ来た日のことを覚えとるよ。世の中にこんな綺麗な人がいるかって思った。

よし江　嘘つき。
三郎　ハハハ。嘘だ。おめ見てたら、今、欲しくなった。
よし江　ばか。
三郎　五年になるか。俺たちの留守にひとりでよく働いてくれた。
よし江　わし、お婆さんになったいね。
三郎　よし江サ。
よし江　あい。
三郎　兄貴が忘れられねえか。
よし江　……そりゃあ。
三郎　たった五日だもんな。
よし江　……。
三郎　どうだ、俺と。
よし江　……。
三郎　嫌か。
よし江　もったいないです。
三郎　嫌いじゃないか。
よし江　あ、夕立。

沈黙。

三郎　（立って下の畑を見る）田圃の稲が喜んどる。ぐいぐい命を蓄えとる。よし江。
よし江　あい。
三郎　俺もおめえもこの世界に命をもらった。……生まれて来てよかった、そう思ったことあるか？
よし江　（下を向いて）わしとここで百姓、やってくれますか。
三郎　人生はな。いつだってやり直しがきく。
よし江　……。
三郎　俺と一緒に東京に行こう。
よし江　……。
三郎　この家から抜け出して、新しい生活をしるんだ。そう思いついたら力が出てきた。
よし江　わしは東京は好かん。
三郎　どうして？
よし江　東京には土がねえもの。
三郎　（笑った）東京にゃ空じゃなくて土がねえか。
よし江　それに、怖い。
三郎　なにが？
よし江　頭のいい人たちばっかりでしょう。わしは百姓しか知らんもの。

三郎　俺の奥さんは、なんにもしねえでいいんだ。（手を握る）おめと新しい生活、始めるんだ。
よし江　……。（下を向いてじっとしている）そんなこん……許されねえ。
三郎　よし江。なんでも許されるんだ。
よし江　ナンデモ、ユルサレル？
三郎　毎日、この村に兵隊が還ってくる。天皇陛下にご奉公してな。奴らは外地で人殺しして来たんだぞ。人殺してもお咎めなしなんだぞ。（ささやく）なにやってもいいんだ。なんでも許されてるんだ。

三郎、よし江を抱く。
よし江、されるがままになっている。
豪雨になってきた。

三郎　他人の家に入った嫁は、古参兵の目を気にしながら生きている初年兵だ。軍隊じゃ、一銭五厘の兵隊よか馬が大切にされた。農家じゃ、あの嫁は、馬一匹分働くって。ええ、こんな若々しい体を……。（まさぐる）
よし江　三郎サ……。
三郎　どうだ、おめはこの家のものになりてえか、それとも俺のものになりてえか。
よし江　（あえぐ）

三郎　いい、気持ちか。
よし江　いい、気持ちだ。
三郎　人間は馬じゃねえで、餓鬼作るためにしるんじゃあねえぞ。楽しみのためにしるだぞ。
よし江　（肯く）
三郎　この家、二人で出て、新しい生活を始めるんだ。いいな。
よし江　（肯く）

三郎は、よし江を押し倒した。

二幕

5 （死者たちの還る日）

蝉時雨の中、座敷から木魚の音が聞こえてくる。
トメさんが炊事をして、すえが手伝っている。
葛西先生は英字新聞を読んでいる。

トメ　何ですか、おかたじけねえお経の最中に抜け出して。
葛西　無神論者ですから。心の中で二郎君のことを哀しんでいればいい。
トメ　理屈、こねて。
葛西　気持ち悪いんですよ。戦死者っていうと、とたんに聖人君子みたいになってしまう。
トメ　そりゃまあな。上金井の正作なんか、水泥棒やって村八分だじ。それが北支で戦死したら、英霊だ。靖国神社の神さまだ。

潤久が草刈り鎌を持ってやって来る。

トメ　ボクちゃ。こんな暑いだに、お墓の草刈りかや？
潤久　二郎さんには優しくしてもらたったから。あんな草ぼうぼうのお墓じゃあ、せつねえづら。
（納屋に行く）

葛西　墓に入れる遺骨もない空葬式じゃあ淋しいね。命日だってわかりゃあしない。
トメ　だで、終戦記念日を命日にすればいいってことになったずら。
葛西　八月十五日って戦争が終わった日ですか。
トメ　あれ、先生、そんなこんも知らないの。
葛西　日本だけが戦争が終わった日を八月十五日にしてる。（新聞記事を指す）第二次世界大戦が終わったのはミズーリ号で降伏文書に日本が調印した九月二日。だから、アメリカの戦勝記念日は九月二日だと。
トメ　だば、なして八月十五日だい。
葛西　天皇陛下が、「この戦争、やーめた」って言ったからでしょう。

木魚の音がとぎれた。

葛西　終わったかな。
トメ　善明寺の生臭坊主、過去帳を質にいれて金を借りたり、寺の釣鐘で漬け物を漬けたり、とんでもねえ坊主だ。知っとるかや。善明寺は学童疎開の四十名を預かってろくなもの食わさないで、子供らの上前はねたんだ。そんで、腹空かせた子供らが村のキュウリや卵を盗んだのさ。みんな東京の子供はひでえと言ったけえど、元はと言えばあの坊主のせいさ。善明寺じゃなく悪名寺だ。

紋付き袴の多聞が座敷から出てくる。

多聞　三郎、まだか？
トメ　浅間温泉に行ったきりだわね。
多聞　朝からずら。
トメ　下郡《しもごうり》の町長さの家に、ジー・アイが土足で座敷に上がってきたって。
葛西　占領ってのは、土足で人の家に上がることなんです。
サヨ　（杯とお盆を持って来て）これでええかいね。
多聞　ああ。
トメ　なにも、わざわざ二郎の一周忌の日に……。
多聞　皆が集まっとるからちょうどいいんだ。
葛西　よし江さんと三郎さん、いよいよですか。
多聞　踏ん切りがつかねえらしいで、いきなりぶちかましてやるだわ。

そこへ「ああ、暑くて死にそう」と、喪服の佐和子。続いて太郎。

太郎　松本は盆地だからなあ。ああ、このオニギリいただいてもいいですか。
サヨ　はいっと。これから、蕎麦を茹でるけど。（と、台所へ）

太郎　それにしても暑いな。

多聞　（太郎に）暑い暑いとおんじょうばか叩く奴は、米を食うな！

太郎　（口に入れかけたお握りを出して）はい。

多聞　暑くなんねば、米は穫れねえんだ。お盆までに稲穂が出るか、そこが分かれ目なんだ。（と、徳利を受け取って出ていく）

トメ　去年な、赤とんぼと一緒に蛍が飛んどった。あれじゃ駄目だ。先生、井戸からスイカ上げてくれっか。

葛西　スイカ、いいですねえ。（と、下駄を履いて出ていく）今年の作柄はどうなんです。

トメ　ミンミンゼミが土用前に鳴いとる。今年は豊作だじ。

太郎、皿に戻したお握りをまた食べ出す。
座敷からは、「嫁入り唄」が聞こえてくる。

娘をやりて出てみれば　ソレ
笠の端がほのかに見えつ隠れつ　コチャヤエ
ほのかに見えつ隠れつ

佐和子　来る日も来る日も、小言ばっかり。

太郎　我慢しろ。居候は、三杯目にはそっと出し……。
佐和子　毎日毎日、山菜だ、竹の子だ、芋がらだ。
太郎　おまえ、はじめて下の家に入った夜、ランプの下で幻想的ねって……。
佐和子　よしてよ。
太郎　この村には、映画館も音楽会もないからなあ。
佐和子　鎮守のお祭りのやくざ踊り、頭の悪そうな若い衆が刀さしてヤクザの真似したり、帽子をあみだに被ってマドロス踊り、吐き気がしたわ。子供たちの教育にだって悪い。（と、太郎の背中に頬を寄せる）

潤久が桶と砥石を持ってきて、にわで大鎌を研ぎ出す。

太郎　東京の食糧難は去年よりひどいそうだ。東京に家を持つにも金がいる。もう少しの辛抱だ。
佐和子　辛抱って何か当てはあるの。
太郎　親爺、こんところ、不機嫌だと思わんか。新しく出た農地解放案で、地主の農地は五町歩から一町歩に下がった。
佐和子　大損じゃない。
太郎　いいや。っていうことは、取られちまう十五町歩は政府が買い上げることになる。親爺に金が入ってくる。あの哲学の先生だって、その金を目当てにこんなど田舎で頑張ってんだ。

佐和子　（しなだれかかって）東京へ行って親子水入らずの生活がしたい。
太郎　来週にも職探しに一度、東京へ出てくる。
佐和子　（潤久を見て）いつも誰かに、覗かれてるみたいで……。
太郎　「隣のお蚕、近所の土蔵」ってんだじ。
佐和子　何、それ？
太郎　隣のお蚕が病気だと知ったらザマヲミロ。

葛西とトメがスイカを持ってくる。

太郎　隣が蔵建てたら心ん中でコンチクショウ。
佐和子　隣のお蚕、近所の土蔵。
トメ　望月の長男は、百姓やるって、一日でへたばったたらしいってわ。
太郎　噂が一日で、字八十一戸にもれなく伝わる。
トメ　次男の嫁は、五年も男なしでよう我慢しるとか。
葛西　ビンビンに冷えたスイカですよ。
トメ　お座敷に持って行ってください。
佐和子　うちの子供たちにも……（追っていく）
太郎　（潤久に）お前、この家の居候になって長いのか？

潤久　十五年にはなるな。
太郎　私が京城に行った後だからな。名前、なんていうの。
潤久　ボクです。
太郎　だから、僕の名字は？
潤久　僕はボクです。
太郎　ボクはバカか。

そこへ、汗を拭きながら三郎と上條。

トメ　（奥へ）三郎さん、おけえりですよ。
上條　トメさん。水くりや。
トメ　あいあい。
三郎　人間の干物ができちまう。ちょっと水。
太郎　この糞暑いなか……。（言いかけて口を押さえる）
多聞　（出てきて）ご苦労だったな。どうだった。
三郎　（書類を出して）問題は、五百三名の支那人俘虜の扱いですね。
多聞　相模ダムの建設現場からチャンコロ……中国人俘虜を連れてきたんだ。
三郎　ひどいもんだ。逃亡、反抗防止のため、足かせをはめられ、結果、七名の死亡と六名の行方不

明。（水を飲む）

葛西　熊谷組がやったことでしょう。

多聞　そう、熊谷組がやったんだわ。

三郎　日本人は天皇陛下のためならどんなひどいことでもするのかって。

多聞　そいで、おらのことは？

三郎　トメさん。もう一杯。

葛西　父上の処遇はどうなったんだね。

三郎　ああ、先生。（書類を鞄から出して）Conscript labor は徴用された労働者ですよね。このincreasingly difficult はどう訳せばいいでしょう。

葛西　どれどれ。Korean and Chinese labor was unruly and became increasingly difficult to control in.……うん、朝鮮、中国の労働者たちは扱いにくく、ますます統制が効かなくなっていた。

三郎　ますます、統制が効かなくなった、か。（メモする）

多聞　三郎。

三郎　親爺の処遇はね。

多聞　うむ。

三郎　検事側証人です。

多聞　検事側？

三郎　占領軍側について悪いことをした日本人を告発するわけです。
多聞　占領軍側？
上條　三郎サは、進駐軍に堂々と立ち向かいました。
太郎　ヒーローだねえ。
多聞　ほうか。わしが占領軍側か。恩に着るぞ、三郎。
葛西　それで地下の飛行機工場は、いつ完成したのですか。
多聞　去年の四月に着工して六月に完成予定だったが、木材とセメント、鋼材百トンが揃わず、モタモタしているうちに八月十五日が来ちまった。
葛西　飛行機は、作れなかったんですか。
上條　かまぼこ型半地下格納庫は百個完成しましたが、一機も作れずに終戦を迎えました。
葛西　むなしいなあ。
太郎　玉音放送の後、中国人捕虜が荒れたそうですね。
多聞　奴らは一日にして戦勝国民になったわけせえ。
上條　牧場のホルスタインがいなくなった。牛は連れだしても足音がしねえ。トンカチで脳天ボコン。自分らで掘った洞窟であぶって食べちまった。奴らはね、臓物からなんからみんな平らげるんだ。
多聞　池の鯉だって、一匹もいなくなっちまった。（出ていく）
葛西　鯉の唐揚げにあんかけか。うまそうですね。
トメ　火の見櫓によじ登ってカンカン半鐘叩く。もう、ささらほうさらせ。中山の村長宅なんか土蔵の白壁に「人類解放万歳」って書かれちまっただいね。
太郎　熊谷組は給料、支払っていたんだろう。
三郎　日当が六円二十銭。そっから食費代六十銭、手配師が五十銭ピンハネして五円十銭。
太郎　二十日働いて百円。悪くないじゃないか。
三郎　日本人労務者の日当は十四円だったんですよ。半分以下じゃないですか
太郎　相変わらずだな。いいか、朝鮮じゃ土方の日給は十五銭、二十日働いたって三十円だ。奴らは強制連行されたと騒いでいるけえど、日本に来れば三倍の給料が取れたんだ。何でもかんでも日本帝国主義のせいにするな。日本の統治下に入ったお陰で、よくなった部分もある。
三郎　よくなった部分ねェ。
佐和子　苦労したのよ。十人いたオモニたちは洗濯物を盗むし……。
太郎　私が向こうに渡ったとき、朝鮮の山々は禿げ山だらけだった。朝鮮人はオンドルの薪のために枝を下ろさない。木をまるごと伐っちまう。だから毎年、洪水が出る。うちの材木が流されたっていうんで、新義州へ飛んだよ。橋の上から見ると五キロもある鴨緑江の河口が材木で埋め尽くされている。望月林業の焼き印のある木材がウォーと東シナ海に流れ出していくのを橋の上から眺めてた。
三郎　おい、ボク。
潤久　へい。
三郎　この兄貴を連れて薄川の土手までいけっちゃ。

潤久　あい。（と、大鎌を持って立ち上がった）
太郎　ちょっと、この暑いのに……。（口を押さえる）
三郎　去年の六月に、親爺に五千円出させて金剛山の近くの山を買わせたときの兄さんの手紙を見ましたよ。手紙に添えられたこんな小さな朝鮮半島の地図に、望月の所有林が（線を引くように）こう赤く囲ってある。正直、驚いた。日本地図にああいうふうに自分の土地を書ける地主が日本にいるか。
葛西　まあ、皇室の御料地だけでしょうな。

佐和子が「スイカ、子供たちにね」とお盆に載せて来て、木戸から出ていく。
遠雷。

三郎　兄さん。日本人に土地を取り上げられ、仕方なく出稼ぎに来た朝鮮人たちに、おらはこんなに朝鮮の山持ってたって自慢しに行きましょう。
太郎　ボク。ちょっとその鎌を引っ込めろ。
潤久　ああ。すみません。（引っ込める）
三郎　いいか、このボクの父親、朴根哲《パクグンチョル》、日本名ボク・コンテツはな、善光寺・白馬の善白鉄道の工事現場で働いていたんだ。飯山鉄道が長野まで開通した昭和二年にボクは生まれた。工事現場で親爺が死んで、歩いて朝鮮へ帰るとこをうちのお袋が拾って引き取ったんだ。朴潤久《パクユング》。この男を金華橋のバラックに住む朝鮮同胞んとこまで引っ張ってけ。

潤久　三郎サ、年上の者に逆らっちゃいけねえ。

三郎　パクさん。ソウル総督府裏のこいつの家は、仁川《じんせん》から上陸した米軍が将校用に真っ先に接収した豪邸だぞ。

潤久　三郎サ。ボクは、墓で草取りしねばなんねえで。（と、鎌を拾って出ていく）

三郎　（背中に）死に根《こん》じょなしの朝鮮人！

葛西　人はみな月である。誰にも見せない暗い面を持っている。Everyone is a moon, and has a dark side which he never shows to anybody.

そこへ、「幸田さん。いらしてくださいました」とサヨ。

幸田、出てきて礼をする。

多聞　遠くからわざわざ。

サヨ　幸田さん。お握りにしる。お蕎麦はこれからゆでるけど。

幸田　せっかく信州に来たんですから、お蕎麦を待ちます。

サヨ　かしこまりました。海軍中尉殿。（去る）

三郎　幸田さん。

幸田　はい。

三郎　零戦の後継機「烈風」はどうしても必要だったんですか。
多聞　そう。あなたは海軍だったから。
三郎　零戦の後継機「烈風」はどうしても必要だったんですか。
幸田　B29の最高速度は五百七十キロ。零戦は五百六十五キロですから追いつけません。帝国海軍は、「最大時速六百キロ以上、旋回性能は零戦並」を要求しました。六百キロを出すには、二千馬力級のエンジンが必要です。そんな重い飛行機は旋回性能が落ちて敵機と戦えない。
三郎　つまり、日本にゃB29を作る力がなかったってことだ。
多聞　軍は農村の若者を根こそぎ動員したから、ここらにゃ、地下工場造る労働力なんぞなかった。で、朝鮮人労務者を、十九年の暮れに連行したんだ。
葛西　百万の軍隊の戦闘を維持するには、軍事工場の労働者二百万を必要とするんだね。兵器弾薬は、戦以外にはなんの役にも立たんから、軍需工場を維持して行くには、そのまた四倍の労働力を必要とする。だから、総力戦というのは、国力の差が決める。それを精神主義の軍部の馬鹿者たちが……。
三郎　これは、これは。葛西芳孝教授は、精神主義の哲学者として売り出した方だと思っておりましたですよ。
葛西　私は、リベラリストです。軍部からはいつも睨まれていましたよ。
幸田　葛西先生。葛西芳孝先生でいらっしゃいますか。（正座する）
葛西　……ええ、そう。葛西ですが……。

幸田　今までどうして気づかなかったんだろう。ご尊顔を拝することが適いまして、光栄です。
葛西　君、君。
多聞　（笑いながら去る）
幸田　自分ら学徒兵にとって先生のご本は真っ暗闇の中の一筋の光明でした。極楽への蜘蛛の糸でした。
葛西　ハハハハハ。買いかぶりもはなはだしい。
幸田　そんな。自分ら学徒兵は、何のために戦いに行き、何のために死ぬのかが分からず悩みました。そして先生の「現代実践哲学」に出会ったのです。
葛西　ええ！　イヤ、イヤ、あなた、あんなものを読んでいたんですか。
幸田　自分らはあのご労作をテニアンで貪るように読んだのです。
葛西　それは、それは……。
幸田　「歴史に於いて個人が国家を通して人類的な立場に永遠なるものを建設すべく身を捧げることが生死を越えることである」。目から鱗の落ちる先生の珠玉の一言です。
葛西　（笑って）あの頃は、ああ書かざるをえない時代だったから。
幸田　「戦争は自己が単なる個人でなくて共同社会的なる存在であることを把握せしめた。」

ヒグラシが鳴いている。
そこへ、礼服のよし江。

よし江　みなさん、そろそろおけえりだ。
葛西　（ほっとして）そら、お見送り、お見送り。（と踊るように去る）

人々、出ていく。
行こうとするよし江を、三郎が呼び止める。

三郎　よし江、いいか、三時の汽車だぞ。（ポケットから出して）切符はおらが持ってるで。
よし江　今日じゃないとだめかやあ。
三郎　今さら、なに言うんだ。
よし江　お義母さまは、おらたちが夫婦になって、ここで百姓しるって信じとる。
三郎　駆け落ちにもってこいの日だぜ。親爺はいまにか御神酒がへえって白河夜船。オート三輪に乗っちまえば、こっちのもんだ。十分後に、表に出てこい。
よし江　二郎さんの命日に駆け落ちなんて、村中が噂しる。
三郎　よし江。
よし江　あい。
三郎　目、つぶれ。東京に行けゃあ、こんな村のことなんか、気にならなくなる。（頬をさすり）おめは上野へ行ったことあるか。おめは上野を知らない。だで、上野駅の地下道で飢えてる戦災孤児なんて、いねえんだ。いいか、東京じゃこんな村の噂なんか聞こえやしない。ってことは、わりい噂なんかねえんだ。

よし江　（目を開いて）おらがいなくなったら、この秋の麦は誰が蒔くだ？

三郎　……誰かが蒔くさ。

よし江　日本中が飢えてるって。おらとお義母さんは朝三時から山草を刈って牛に踏ませて堆肥を作って、政府の出荷割り当てをこなした。

三郎　日本中が飢えてるのは、おめのせいじゃない。戦争始めた奴らのせいだ。

よし江　女手ばかりで五俵しか穫れなかったけど、あの五俵の麦だって、腹空かせた人の腹の足しになっとる。

三郎　百匁のうどん、今いくらか知っとるか？　新宿の闇市じゃ、一杯五十円だぞ。その高いうどん食わされる奴は考えもせんよ。霜柱の立つ麦畑で、凍りそうな足で麦踏みしたおめのことなんか。

雷が鳴って雨が降り出す。

三郎　満州の凍った戦場で、もしも生きて日本に帰れたら、そうしたら、そのときは好きなことをして生きようって。好きな奴しか相手にしねえ。おめを大切にしるよ。（と、抱く）いいな。おめにはおめの人生がある。

物音に、よし江、離れる。
サヨが「一雨来るらあ」とふかしたサツマイモを持ってきた。
多聞と太郎と佐和子。徳利とおちょこを持った葛西。
よし江、二人の前に正座する。

太郎　なんですか。
多聞　そこに座れ。よし江、ながらくご苦労だったな。
よし江　ふつつかな嫁で御座いました。
多聞　これで、一段落ついた。
よし江　ながらくお世話になりました。
多聞　今日は、家督を継いだ二郎の一周忌だが……。

沈黙。

サヨ　なあ、太郎。
太郎　はい。
サヨ　おめたちは、今日から裏の蚕室に移ってくれめいか。
太郎　蚕室って昔、お蚕さん飼ってた小屋ですか。

多聞　立て付けはわりいが幸い今は夏だ。秋までにはなっちょにか考えーる。
太郎　理由を聞かせてください。
多聞　よし江を三郎の嫁に直して、望月の家を継がすことにしたのだ。
よし江　お義父さま。
多聞　おめ黙ってろ。農地改革でこの家は自作農に落ちぶれた。けんど、山林は残った。
サヨ　そいでな、今日で一区切りついたから、今夜から二人を新宅でと思って……。
太郎　急にそんなこと言われても……。うちの子供たちはお蚕じゃない。
多聞　この近所じゃなあ、蚕小屋だって、三十円でいくらでも借り手があるんだ。都会から来た奴らは、みんな喜んで蚕小屋に住んどる。
太郎　うちは親子六人ですよ。
サヨ　三郎はよし江とこの家を継ぐ総領息子だ。総領のために立てた新宅に、総領が住む。当たり前のことじゃねえか。

沈黙。

よし江　（頭を床にすりつけて）お義父さま、お義母さま。申しわけありません。
サヨ　なにが申しわけあるものか。太郎は百姓はできない。おめ三郎と……

突然、よし江、「許してくれ」と、走り去る。

三郎、「よし江」と後を追う。

皆、呆気にとられ、多聞が後を追う。サヨは台所に出る。

佐和子　冗談じゃないわよ。私は絶対にいやよ。

太郎　私たちが百姓がやれないことはたしかだ。

佐和子　あんたが馬鹿なのよ。朝鮮に何万ヘクタールの土地持ってて、東京にたった千坪の土地だって買っとかなかったんだから。

葛西　日本が朝鮮を取って三十六年にもなる。みんな朝鮮は日本の領土だって思っていたんですよ。

佐和子　私は思っていなかったわよ。この戦争だって勝てると思ってなかったわよ。

葛西　去年の三月、私が空襲から逃れて松本に来たとき、「空襲なんかない京城に引っ越していらっしゃい」とあなたは手紙をくださった。

佐和子　……。（太郎に）どうするの？　いったいどうするの。

そこへ、「この根性曲がり」と多聞の声で、太郎、出ていく。

葛西　（酒を飲みながら）Youth is a blunder, manhood a struggle, old age a regret.

佐和子　なによ。

葛西　青年は過ちを犯し、壮年は葛藤し、老年は悔悟する。

多聞の後に、潤久に捕まえられた三郎。
続いてサヨとよし江。

太郎　父上、乱暴はおやめください。
多聞　おい、みんな聞け。こいつら二人はわしらを騙してオート三輪で逃げ出そうとしておった。
太郎　どこに行くつもりだったんだ。
よし江　お許しください。
三郎　よし江、謝ることなんかない。おらあっちがどう生きようと、自由なんだで。
太郎　お前は自由をはき違えてる。
葛西　三郎君。人間というものは、一人じゃ生きられない社会的動物なんですよ。
三郎　（太郎と葛西に）おめたのその目はなんだ。……覚えてるよ。おらが侵略戦争に荷担するなって書いて警察に捕まったとき、あんたらは今と同じ目でおらを見た。ふん。一億総懺悔たって、なんも変わっちゃいねえんだ。

沈黙。
遠雷。

多聞　三郎。二人が結婚してここを継げば、石倉つきの屋敷も田も畑も山林も、おめたとおめたの子供らのもんだ。おめが継がなければ、小作農たちは二十四年年賦の低利資金の融資を受けて、その買収農地を自分のものにしる。只で土地貰うようなもんだ。先祖代々受け継いできた田畑だぞ。

三郎　凶作の年に親切ごかしに雀の涙ほどの金を貸して、田畑を取り上げて豚みてえに太っていったくせに。小作たちに返すのが当然ずら。

多聞　おめたがどうしても百姓はいやだっちゅうなら、サヨと二人で石にかじりついても田畑を守る。

三郎　耕作者が高齢で後継ぎのない者の耕地は、政府が買い上げることになりましたよ。

多聞　爺様が苦労して買い集めた十五町歩の田畑が、一反たったの七百二十円だぞ。

太郎　父上、十五町歩の土地代、十万円を私らに均等に分けて頂きたい。

葛西、三郎、肯く。

多聞　たわけ者。三人の子供に均等に分けていったら、十町が三町、三町が一町。三代後には五反百姓に落ちぶれちまうんだ。だで、田を分ける奴をタワケっちゅうだ。……今日から、おめたとは親子じゃない。

三郎　親爺、気を付けてものを言えよ。このくそ暑い一週間、アメリカ軍将校と掘っ建て小屋に住む朝鮮人たちの聞き取りをしてまわった。あんたらがやった悪行の数々、みんな調べましたよ。……

コオリャンとモロコシと麦とて足りず、ネンボロ、タンポポ、トテコッコや木の実を食べ、薄川の土手にゃ青いものが見えなくなったさやあ。
多聞　だで、そりゃあ、軍と三菱と熊谷組がやったことだ。
三郎　ほうかやぁ？　生妻《しょうづま》の池で十日に一回水浴びさせてたが、池まで歩くのもフラフラしていてぶっ倒れたっちゅう。あんたらが熊谷に米を渡さなかったからだ。
多聞　おめに何がわかる。二千人の村に一万人の疎開者と工事関係者がやってきた。米を作っている農家でせえ、米が食えなかったのに、どうして捕虜に米や芋を食わせられる。
三郎　米も芋もないのに、どうして熊谷組から米代金を受け取ったんだ。
多聞　戦時中、この村の財政がどれほど逼迫していたか、おめたは知らんから……。
三郎　だば、今から、浅間温泉に行くじゃん。おらにじゃなく、米軍に言いわけすりゃあいい。
太郎　三郎！
多聞　そいでも、おめはわしの倅か。
三郎　あれ、親子じゃなくなったんずら。
多聞　みんな……みんなやってたことずら。
三郎　中国人俘虜のうち、死者四人、行方不明者、脱走者六名だ。栄養失調と酷使、虐待が原因だ。おらの調査ではあんたは熊谷の言いなりに、山辺病院の院長に偽の診断書を書かしてる。大腸炎、胃腸炎、ヨメゴロシを食べて死んだとね。
多聞　だで、ありゃあ軍の命令で……。

三郎　今、アジア各地のＢＣ級裁判では、捕虜虐待でじゃんじゃん死刑判決が出てる。上官の命令だったからと弁明しても、米軍は許さない。何故だ？

沈黙。

三郎　誰かが責任取って、どっかでくい止めないと、大元帥閣下の責任になっちまうからさ。
葛西　君、日本は立憲君主制の国なんですよ。
太郎　そうそう。
佐和子　いい加減にして。今、戦争責任の話しているときですか。
多聞　おめえらには、一文の金もやらねえ。さっさと東京へけえれ。
葛西　父上、冷静に話をしましょう。（芋を取る）
多聞　（葛西に）その芋を食うな。
葛西　はい。（口に入れかけた芋を出した）
多聞　わしは米や芋をうちの蔵に隠した。それがなきゃあ、おめたはとっくに飢え死にしとる。おめたちは、望月の家が井戸塀になろうと一時金を貰って東京に帰るつもりだろう。望月の田畑なんかどうなってもいいというなら、その田畑で穫れた米や芋を食うな。

多聞、去っていく。

葛西が「父上」と、太郎とともに追う。
近くに雷が落ちる。

佐和子　キャー。

再び落ちるので、佐和子が叫ぶ。
蕎麦を入れたざるを持ってサヨが来る。

サヨ　静かにせんか。雷はありがてえもんだで。
佐和子　なんで雷がありがたいんですか。
サヨ　白山神社の上の田圃な。あれはうちのご先祖さまが切り開いた田圃だ。山の上に拓いた田圃だで、水がねえ。夏に雨が降らねば、カンカン照りの中、水桶かついで山を登らにゃなんねえ。いま、一週間ぶりの雷の音を聞いて喜んどる百姓がこの村ん中にたくさんおるだよ。（空に手を合わせ）ありがてえことでございます。（佐和子に）お子たちに、蕎麦を。
佐和子　はい。（ざるを受け取って出ていく）
三郎　よし江。話は終わった。行くじ。
よし江　……。
三郎　どうしたんだ。おめの人生をこんな家に埋めるのか。

よし江　おらは……。
サヨ　よし江。
よし江　あい。
サヨ　三郎と出ていっても、いいさ。
三郎　春の田起こしから秋の刈り入れまで、暗いうちから暗くなるまで働いてやっとこさ冬場になったら夜なべして、俵編みで二万円を稼ぐ。そんな生活が一生続くんだぞ。
よし江　……。
幸田　（出てきて）そろそろ、失礼します。
サヨ　夕立、しばらくで上がるから。
幸田　はい。ありがとうございます。

よし江、立つ。

三郎　どこへ行く。
よし江　幸田さんにお蕎麦を。（台所へ去る）
三郎　（背中に）馬鹿だじ。おめは大馬鹿者《もん》だ。
サヨ　土にへばりついてる百姓は馬鹿者かもいんねえ。だども、その馬鹿者が……。

そこへ、ずぶ濡れになった潤久とすえ。

潤久　こっちさ、入れ。
すえ　すみません。
サヨ　おめ、すえじゃねえか。(手ぬぐいを渡す)
潤久　墓地下の蕎麦畑で、盆の支度に桔梗でも摘んでるかと思ったら、蕎麦の実、拾っとるんだ。
サヨ　蕎麦の実なんざ、いくらも落ちてねえずら。
すえ　(髪の毛を拭いて)山で採った草食っても力が出ない。だで蕎麦の実、まぜて煮るだ。
潤久　美ヶ原じゃ、ヘビもヒキガエルも食ってるだよ。アブやイナゴも生で食ってるだよ。
サヨ　(サツマイモを渡して)これ食って、風呂へ入れ。飯はその後だ。
潤久　こっちさ、来い。

潤久が、すえを奥に連れて行く。

幸田　誰なんです?
三郎　この奥の開拓団の娘。満州から帰ってきたんだ。
幸田　ここからも満州にたくさん行ったんですか?
三郎　気候のせいだね。沖縄や和歌山からはハワイや南米に渡ったけど、東北や信州の百姓は満州だ。

サヨ　十六になったとき、すえは塩尻にできた「桔梗ヶ原女子拓務訓練所」へ入ろうかどうしようかと迷っとった。
三郎　拓務訓練所、大陸花嫁養成学校だ。
サヨ　満州へ行って、嫁のきてのない開拓団の青年と結婚したほうがええとすえに言ったのはおらだ。
幸田　満州で知らない男と結婚するんですか?
三郎　「個人主義的結婚観を打破し、皇国結婚観を確立する。大陸の実状を認識し、大陸の花嫁として進出する」。「満州に行けば二十町歩の地主になれる」って分村した村もよけいあった。満蒙開拓青少年義勇隊も、長野県から七千人が行ったさ。
サヨ　松本平の尋常科を出たばかりの十四の子供たちの尻をひっぱたいてわしが、送り出したんだ。
三郎　お袋は世話焼きババだでな。
幸田　それであの子のご亭主は?
サヨ　……。
三郎　わしら関東軍は、開拓民と軍馬を残して、新京行きの列車で逃げ出したさ。
サヨ　うちのキヨミズ号もなあ。
三郎　引き揚げ列車に乗り込んだおらあっちの姿を見た木曽馬が、鳴きながら復員列車を追いかけ走ってきた。(立ち上がって)さあ、俺もそろそろ。

よし江、蕎麦を持ってくる。

サヨ　三郎。
三郎　あ?
サヨ　行くだかや?
三郎　ああ。
サヨ　東京か。
三郎　ああ。
サヨ　好きにしり。（帯の下から紙を出した）
三郎　なんだい。
サヨ　芋を売ったとき、おめがくれたろう。
三郎　おらは百姓の労働を搾取しとる闇屋だに。（金を返して）こういうの盗人に追い銭って言うんだ。
……ごめん。

三郎、出ていく。
「三郎、待て。金があって困ることはねえ」と追うサヨ。

よし江　早生の蕎麦だ。たんとあがってくりや。
幸田　……行っちゃいましたよ、三郎さん。

よし江　そう。行っちゃった。
幸田　どうして、一緒に行かないんです？
よし江　去年の今日な。陛下のお言葉が終わってとたん、葛西先生がラジオ蹴飛ばして、「陛下の大業を成し遂げられなかった我らは死ぬしかない」って。……しばらくして、お義母さんが「よし江、芋掘りに行くじゃん」って言うだわね。お義母さんと鍬をかついで野良に出ると、蕎麦の畑は白い花をいっぱいつけとる。ラジオが本土決戦て叫んでた頃、お義母さんと潤久《ユンク》と三人で田植えをした稲がもう穂を出しとった。戦争に負けても、この世の終わり来ん。田圃や畑では、作物がぐんぐん伸びとる。おらはお義母さんの後について、暗くなるまで芋掘りをして……けえってみると、葛西先生は、今日は疲れたから死ぬのは明日にしようって……。
幸田　（笑って）ああ、雨、上がったな。
よし江　蛍だい。
幸田　望月上等兵が、あなたに会いに来た。
よし江　そう思うか？
幸田　どうぞ恨みに思わんでくださいよ。（手を合わせる）

よし江、クスクス笑った。

トメ　満州の野にやらるらむと聞くからに　今ひとしおの胸にせまりくる

サヨ　美ヶ原のカラマツはもう色づいてウメバチソウとニッコウキスゲが咲いている。満州から帰った人たちは、唐松を切ってロマノフ式丸太小屋を作っていた。すきま風が入る丸太小屋で、どうして零下二十度の冬を越すずら。雪になる前に美ヶ原に茸取りに行った。ヤマウド、ナラタケ、チョウセンゴミシ、クリタケが背負子にいっぱい。今夜は、ハナイグチのおろし和えを作った。

トメ　田舎に買い出しに出た女に「安くお米を売ってあげよう」と誘い出して十人を乱暴して殺した小平っちゅう男が捕まった。小平は海軍陸戦隊で、支那でも現地女性に乱暴を働いていたけど、勲八等旭日章を受けたそうな。

よし江　十月二十九日。蕎麦の後、雑草を刈って苦土石灰をまき、麦畑にする。大豆、大根、玉葱の収穫。ネギの皮むき。今年はうるち四十六俵、餅米八俵半、陸稲もち二俵四斗。

6　（実りの秋）

じょいでは、葛西の横ですえが飯を食べている。
にわでは、野良着姿のサヨとトメが脱穀した米を箕でふるっている。

トメ　夜の夜中にドンドンて叩く音がするんだと。宏作サが戸を開けると顔、真っ赤にした甚平サが、もうおらはおめたに騙されんぞって、鎌、振り回してせ。六さんが止めなかったら宏作サは大けがをしとった。
葛西　どこの家も一町歩ずつもらえるんでしょう。なんでもめるんです。
サヨ　田圃にゃそれぞれ顔がある。砂の多い田圃は駄目。湿田も駄目。白く濁る田圃はいいが、火山灰地の田圃は黒く濁る。
トメ　誰だって、山の上の田圃はいやがるでしょ。
葛西　そうか。水運び上げるの大変だもんな。
トメ　そうじゃねえ。山の上じゃあ冷てえ水が、田んぼでお日さんに温めてもらって段々に下の田に流れていく。いちばん上の田は水口と言ってな、一番下の田と比べれば、反あたり一斗も出来高がちがって来る。
サヨ　すえ、たんと食え。
すえ　たんと頂いただに。

サヨ　（トメに）残ったご飯、おにぎりにして持たせてやれや。
すえ　先月、奥さんが山羊を連れて上がってきてくれて開拓部落のもんはみんなして泣きました。
トメ　あいつは、よく乳出すからな。

そこへ荷物を持ち、テンのコートを着た佐和子。

サヨ　三時の汽車だいね。
佐和子　一年、お世話になりました。
葛西　あれ、紘一君たちは？
佐和子　子供たちは松本城、登って帰るって。
サヨ　佐和子サ、すまんかったな。おめにゃ、さぞ住み難かったずらい。
佐和子　お米、食べてるだけで悪いことしてるみたいな……
サヨ　堪忍してくりや。
佐和子　東京に行ったら、忘れちゃいます。

「引き揚げのときを思い出すよ」と荷物を持った太郎。

葛西　（太郎に）おめでとうございます。建設会社にお勤め、決まったそうですね。

太郎　戦時中に木材の取引のあった会社でね。ながらくご心配をおかけしました。
葛西　全国一千四百万戸の住宅の約二割、二百三十万戸が焼けたんですからねえ。建設は伸びますよ、これから。
トメ　お勤め、いつからだい。
太郎　すぐにでもというので、来週から出社します。
トメ　給料取りはいいのう。会社に行ったその日から金がもらえる。そこ行くと百姓は……。
サヨ　昨日な蒔いた麦の採り入れは半年後の春だで。すえ、うんとこさ食ったか？
すえ　白マンマ食ったのひさしぶりだ。

手に袋を持ち、背負子を担いだ潤久。

サヨ　ボク、大丈夫か？
潤久　ずく出して行くだじ。
サヨ　行くじ。
トメ　（追って）どこへ行く。
サヨ　夕方までにはけえるだに。

サヨと潤久とすえ、出て行き、トメは奥に去る。

葛西　紘一君、百姓にならずにすんだなあ。
太郎　ええ。親爺に搦め手から攻められて往生した。
葛西　父上は、どうしても跡取りが欲しいんですよ。
佐和子　市内に出ると、羊羹なんか買ってくるんですよ。子供は甘いもんに飢えてるから、お祖父ちゃんお祖父ちゃんて懐くでしょう。そんで「東京行ったら羊羹なんか食えんずら」。「この小豆も、うちの畑で作ってるんだに」って。
トメ　（家の奥から出てきて）先生、東京の清子サからラブレター、来とるだい。
葛西　へーい。（取りに行く）
太郎　東京、出たら田舎のある人はいいって羨ましがられた。
佐和子　お米は、どこ？
太郎　ああ、米ね。
佐和子　米ねって、東京に行ったら、真っ先に困るのがお米なのよ。お義父様に頼んでくださったの。
太郎　うん、まあ。
佐和子　頼んだの、頼まないの？
太郎　わたしらは、まあ、ここを逃げ出すわけだろう。
佐和子　もらったの、お芋とお豆だけなのよ。
太郎　シー。

多聞　（出てきて）この大福、紘一にと思ってな。
佐和子　ありがとうございます。一年、お世話になりました。
多聞　いいってこんさ。紘一も、朝鮮からけえったときは、もやしみたいだったがやあ……。
太郎　（佐和子の合図に）お芋とお豆、いただきました。
多聞　馬鈴薯は一貫二円四十銭だが、相場は三十円だ。
佐和子　いただいたのは、サツマイモです。
多聞　沖縄一〇〇号とちがってうめえぞ。
太郎　父上、今年の米の作柄は良好だで、ご同慶の至りです。
多聞　豊作たって、今年は国中で三百万トン、米が足りねえだに。朝鮮や台湾から米が入らなくなった上に供出、供出であらかた米を持ってかれた。
太郎　ＧＨＱというのは、共産党ですかね。
多聞　姉さん。太郎に、米を二斗ばかり出してやれ。

房吉、やって来る。
太郎とトメはそそくさと倉の方に行く。

多聞　おう。上がれ。
房吉　いえ……。

多聞　遠慮はいらねえ。な、わしらは今年から自作農同士だ。どうだ？
房吉　それだけですか、おめの叩くことは。
多聞　……。（びっくりした）
房吉　村長さんよ。今日は米を出してもらいに来ただ。
多聞　米を？
房吉　おめはこの春、供出米を出してくれりゃあ、端境期に作付け米を出すといーからかんなことしゃべくった。国からは約束通り、四百俵の作付け米が来とるだに、配給せん。まあず、供出米未納分の穴埋めに使ったんずら。
多聞　馬鹿ってえことしゃべくるな。
房吉　もう騙されんからな。

トメと太郎が、米を入れた袋を運び出す。

房吉　（太郎に）おい、待て、米泥棒！
太郎　泥棒？
房吉　その米は、（多聞を指して）こいつがおらから取り上げた米だ。
多聞　なにを言う。警察を呼ぶぞ。
房吉　呼んでみろ。供出を逃れた農家には米軍のジープが来るだで。

多聞　（突然気弱になって）房吉よ。おめたに作らせていた田圃をみんな渡しちまって、わしゃ、乞食をして生きていくことになった。
房吉　だで？
多聞　だが、そこはおめの家との昔からの間柄だ。なんぼ戦に負けて人情が変わるといっても、わしとおめの仲は切って切れるもんでねえ。ここえ座れ。まんず、ゆっくら話そうや。

太郎と佐和子と葛西は、ソロソロと米の袋を引きずって行く。

多聞　入り沼の田圃な。あっこだけはわしとこに作らせてもらえまいか。二本松の田と代えてくりや。
房吉　二本松は地力がねえからニホンバレしか作れねえ。入り沼なら、レイホウができる。土地の割り当ては、農地委員会が決めたことだ。
多聞　農地委員会はなんも分かっとらん。あっこはなあ、延喜年間にうちのご先祖さまが鍬入れした由緒のある田圃ずら。
房吉　そら、おらほに言わずに農地委員会に言うことだいね。（ポケットから紙を出す）
多聞　じゃあ、入り沼はおめにやるで、一反歩、一俵、運んでくれ。
房吉　（読む）「これまでの農村指導者、農業会長、村長、村会議員などのボスどもは、小作人との隷従関係を利用して、物納小作料の強要、土地の闇売りを進めている」
多聞　そんないっから加減なこと……共産党か。

房吉　いや、ＧＨＱが出した文書だ。
多聞　わしの山で炭焼きもできなくなるぞ。
房吉　（別の紙を出して）「山林を所有する地主は、炭焼き、薪《たきぎ》拾い、堆肥作りが必要な農民に対し圧力をかけ、農地改革によって弱められた奴隷制を維持しようとしている」
多聞　奴隷制？　ＧＨＱはそんなこんまで言っとるのか。
房吉　いや、こっちは共産党だ。

そこへ、潤久と上條とすえが「大変です」と来る。
続いて葛西とトメ。

すえ　おばさんが警察にしょっつかまった。
多聞　サヨが、しょっつかまった？
上條　食管法違反です。
すえ　金華橋を渡ったところで、警察に……。
房吉　言わんこっちゃない。おらあっちから取り上げた米を闇で売ってるら。ボクちゃ。米をどこへもってくつもりらあ。
潤久　美ヶ原のこいつのとこへ持ってく、そう言われた。
多聞　開拓団か。

すえ　今年、馬鈴薯もカボチャも駄目だった。葡萄の種だって粉にして。蚕のさなぎだって食っとるだで。
多聞　馬鹿だじ。あっこの寒さじゃ、畑作は無理ずら。乳牛を飼って市内で売ればいいんだ。
すえ　道もねえのに、どうやって搾った乳を市内まで運ぶ。
多聞　道をつけるなあ、県の仕事で村の仕事じゃねえ。
潤久　奥さん、奴らに米、やらねばこの冬が越せねえ。あんまりもうらしいって。
多聞　美ヶ原の六十町歩は、標高、千メートルの傾斜地だで、最初から入植は無理だと言っとるずら。
上條　奥さんは塩尻の女子拓務訓練所から、この子たちを満州に送ったずら。ほいだで……。
多聞　満州に行ったもんはもうらしい。だども今は、餓死しそうなもんに米くれてやった奴が餓死しちまう時代だで。
すえ　開墾が終わったら、その面積にしたがって米をやるっちゅうだが……。
潤久　満州から無一文でけえってきた奴らには、開墾する間に食うもんがねえずら。飯を食わずに開墾かや。
多聞　開拓者用労務加配米を出さないのは日本政府だ。米が三百万トン足んねえのは、わしらのせいじゃない。ここ松本平に開墾地がないのはわしらのせいじゃない。

すえ、潤久、去る。

房吉　みぐさいずら。あんたが、岡田と桐原の山林を、クヌギ林を出しゃあよからず。
多聞　岡田と桐原の山？　山林は農地改革から外れるはずだに。
房吉　だども、あっこは元々、麦畑だった土地だで。あの林は農地に転換できる唯一の土地じゃあねえか。
多聞　おらあっちで使えるなら、農地に転換しよう。
上條　一町歩以上の農地は、強制買い上げだじ。
多聞　農地に転換させて、農地だでわしから取り上げる。はっつけるぞ、こびっちゃく！
上條　長野県では一パーセントの大地主が山林の二〇パーセントを所有し、開墾地の拡大を妨げておるだに。山地主は農耕地を山林だとしながら、これを小作に出し、また畜産放牧地に植林して買収から逃れようとし、農地法の基本的理念を踏みにじっとります。
多聞　上條。おめはいつから共産党になった。村長のわしに逆らうとどういうことになるか知っとるな。
上條　おめさまは、もう村長ではありません。本日、ＧＨＱが公職追放の追加を発表しました。（書状を見せて）「全国ノ市長町長村長町会長部落会長ヲ一斉ニ罷免スル」通達です。
多聞　（読む）「コレラノ奴ハ戦争熱ヲ極端ニ煽リ国民ヲ煽動シタリ」。日本語になっとらん！
上條　「生活難ノ国民ニ対シ戦時公債戦時貯蓄ヲ強行シテ国民ヲ生活苦ノドン底ニ陥シイレタ」中身は事実だじ。
多聞　わしがなにをした。

上條　大政翼賛会の支部長だったでな。
多聞　村長職は自動的に大政翼賛会の支部長だに。好きこのんで受けたわけじゃない。上條。あの困難な時代にわしが村長として苦労したのを知っているのはおめだじ。赤羽松本市長だってどんなに……。
上條　赤羽市長も追放だでよ。
房吉　軍部とつるんで悪さしたおめた、年貢の納め時だに。もうおらあっちは騙されないぞ。
多聞　その「おらあっち」というのは、何者だ?
上條　民主的な労働者と農民だじ。
多聞　小役人と百姓が団結か。房吉。いいことを教えてやろう。おめを三度も支那に送ったのはこの上條だぞ。
房吉　召集者を決めるのは師団本部だで。
多聞　なんで師団本部が、村ん中の誰が馬の蹄鉄を打てると知っとるんだ。
房吉　……。
多聞　村の兵事係が、普段から村民の特技やら健康状態を軍に通報しとった。そんで、おめは、十年、支那中をはいずり回ったわけよ。

房吉、上條を見る。

多聞　こいつは、どこの農家の馬は気が荒いとか、村中の馬のことも軍に通報しとっただに。
上條　わしら村役場末端のもんと村長では責任の重さがちがうずら。里山辺の地下工場計画をおめが飲んだで里山辺の農地は潰されたんだ。
多聞　おめは何も知らん。
上條　あんたの下で働いてただ、なんでも知ってるじ。
多聞　だば、畏れ多くも天皇様の御座所を移す計画のあったことを知っておるか。
上條　松本に、天皇様を……まさか。
多聞　十九年の二月、陸軍省防衛課の黒崎少将と建築課の蒲田中佐が極秘裏に諏訪から松本を視察された。わしら市町村長は、冬は寒く夏は暑いこの松本に御座所は不適当だと進言したよ。お陰で、大本営と御座所を松代に作った。その松代はどうなった。
二人　（首を振る）
多聞　用地強制買収が行われ、農民たちは泣く泣く立ち退き、その後に朝鮮の元山港から、七千人の徴用工と朝鮮人慰安婦がやってきた。周辺十一か村の住人、小中学校の生徒たちゃ、地下要塞建設にかり出されて、そらあ難儀な目に遭った。

沈黙。

多聞　松代は里山辺どこじゃねえんだ。

上條　村長……。

多聞　上條。わしはもう村長ではない。

そこへ、座敷の方から太郎。

太郎　父上、母上が警察から戻られました。

多聞　ほうか。（じょいに上がりながら）トメに燗を付けるように言ってくりゃ。

太郎　どうしたんです。まだ明るいですよ。（と後を追う）

房吉が泣いている。

上條　おらのこと恨まないでくりゃ。戦死公報を親御さんに届けるのは辛かったい。おらが道を歩いていくと、次はどこの家に行くのか村中が見てる。思い足を引きずって戸を開けると、真っ黒な顔して痩せさらばえた老いた父親が正座しとる。おらは口の中でモゴモゴ言って、戦死公報を前に置くと膝の上にあった節くれだらけの掌が万力のように握りしめられて……。襖一つ隔てた向こうでは、若い嫁さんと母さんがじっと息を殺しとるのがわかる。……逃げるようにして戸口を出ると、低い何かを切り裂くような叫びが漏れて来るんだ。

房吉　一緒に行かず。おめは、今日、ずく出して旦那と渡り合った。

上條　おめも頑張った。土間に土下座しとったおめが、はじめて旦那に楯突いた。

鍬を持ったよし江と袋を担いだ幸田。

幸田　ただ今ぁ。
房吉　ズクが出るだね。今日は麦蒔きか？
よし江　あい。房吉サ、知ってる。一粒の麦が死ぬことによってね、多くの実を結ぶんだで。

二人、去っていく。

幸田　ああ、焼岳、穂高、槍ヶ岳が色づいてきた。
よし江　先週、初霜が降りたで、もうすぐ雪化粧だ。
幸田　今年は遅くに台風だで、ニンジンや大根の畑の排水溝掘りが大変だってお義母さん、言ってた。
よし江　おめ、東京には帰らんの。
幸田　来年の農産物の生産計画を鉛筆舐め舐めはじき出す。こっちにいると、この米はどんな人が食べるんだろうって考えるだろう。ところが東京じゃ、誰が作ったなんて考えもしない。お義母さん、言ってた。米作れるのは一年に一回。一人の百姓が生まれて一生のうちで四十回しか作れない。

よし江　その四十回が日照りだったり、水不足だったり。おめ、百姓になるつもりなの。
幸田　よし江さんといっしょにいたいから、百姓になるのか、百姓になるには田畑がいるから農家の婿になりたいのか。自分でも、どっちだかわからない。君に誠実でありたいと思う。だけど……。
よし江　ふふふ。
幸田　おかしいか。
よし江　学校出た人って、どうしてそうやってむずかしく考えるの。ねえ。
幸田　うん?
よし江　おらのこと、欲しかったらいいのよ。
幸田　……。
よし江　ここらじゃね。ほとんどのこと、成り行きだいね。
幸田　成り行きか。
よし江　（手を握って）蕎麦の花が咲いて、実を付ける。それと同じこと。道ばたにグミの実がなっていたら採って食べる。
幸田　グミの実か。

「なにをしとるんだ、そこで」と酔っぱらった多聞。

幸田　（手を引っ込めて）ああ、父上。

多聞　わしはおめの親爺にいつなった。
よし江　体、洗ってきたら。
幸田　はい。
多聞　待て。
幸田　はい。
多聞　おめは、なんの権利があってこの家に居候してるんだ。
幸田　……。
よし江　そら、おらたちが頼んだで。幸田さんがいて、おらとお義母さんがどのくらい野良仕事が楽になったか……。
多聞　百姓仕事も知らん奴がちょいと手伝って飯が食えるなら、日本全国にいくらもなり手がいるさ。
幸田　自分もそう思います。
多聞　おめは、女たちを騙して、このうちを乗っ取るつもりだな。
よし江　お父様。幸田さんは、けえる家がないんです。
多聞　今の日本には、けえる家のない奴は百万人いる。
幸田　失礼します。（去る）
よし江　お義父さま。
多聞　なんだ。
よし江　おらと幸田さんを娶せてください。

多聞　……。おめ、男なら誰でもいいのか。この雌豚。
よし江　二人で、この望月の家を守っていきます。
多聞　そんなこんが許されるか。おめも、あいつも望月の家のものじゃない。じょけるな。

沈黙。

よし江　わかりました。おら、実家へけえらせていただきます。
多聞　よし江！　耕作地主には一町八反の土地が残る。だが、耕作者がいねえ地主はたったの八反だ。おめが実家にけえったら、この望月の家はどうなる。三郎も、太郎も東京に出て行った。これでおめが実家にけえったら……。もういい。わしは、もう十年と生きめえよ。この家なんぞ、つぶれようと井戸塀になろうと……。
よし江　……お義父さま。
多聞　よし江。（手を握る）
よし江　あい。
多聞　な、よし江。実家へけえるなんて言わないでくりや。
よし江　（手を引こうとして）……。

多聞、いきなり、よし江を押し倒した。

よし江、何が起こったのかわからない。

多聞　よし江！

よし江　お義父さま。ごたはよしてください。

多聞　ごたじゃねえ。（押さえ込む）ああ、若い匂いだ。

よし江　後生ですから、堪忍してください。

多聞　おとなしくしろ。

よし江　誰か、誰か、助けて。

多聞　（口をふさぐ）おとなしくしろ。

よし江、突き飛ばした。
倒れる多聞。動かない。

よし江　（近寄って）お父様、大丈夫ですか。

よし江が助け起こそうと手をかけると、その手を引っ張って抱く。
よし江、「ああ」と多聞の上に崩れる。
そこへ、太郎とトメ。それから葛西。

太郎　（飛び出してきて）なにをしているんです！　父上。
多聞　ああ！　こいつが突然、わしに襲いかかってきた。苦しい。こいつをどかしてくりや。
よし江　（多聞の上からどく）
多聞　恐ろしい女だ。
トメ　多聞！　いい加減にせい！
多聞　（やっと起きあがって）ああ、血圧が普通ではないんだぞ。なんということをしるんだ。
トメ　こんな弟を持って、わしは恥ずかしい。よし江さん、すまん。
よし江　（起きあがる）ご飯にしましょうね。（去る）
太郎　父上。よし江さんにお謝りなさい。

多聞、すごすごと歩き出し、立ち止まる。

多聞　田畑は二町六反歩、山林五百三十町歩はなんとか残った。だが、かんじんの後継ぎがいねえでは、わしは死んでも死にきれねえ。このまんまじゃあ、望月の家は根絶やしだ。
太郎　……。
多聞　おめたは、都合のいい時には一家中でやってきて、米を食い散らかしてけえっていく。……おめたには戦時中から米を送っとる。この先、いったい誰が米を東京に送るんだ。

太郎　……。
多聞　わしの子をよし江が孕んで望月の家を守って行くしかねえじゃねえか。三郎には、よし江と直してこの家を継いでくれろと頼んだ。お前には、孫を養子にくれろと頼んだ。ささらほうさらだぁ！

多聞、倒れる。

太郎　お芝居は大概にしてください。
多聞　（うなっている）
トメ　多聞！　大丈夫か？
よし江　（走り出て）お義父さま。
太郎　動かさないで。水！

そこへ、革の鞄を持った幸田。

よし江　幸田さん。山辺病院に走って行って。
幸田　どうしたんです。
よし江　お義父さまが倒れたの。
幸田　でも、僕は……。

よし江　いいの。急いで！
幸田　はい。
トメ　かりそめの別れと思へうたかたの／世の人われは名残り尽きなく
よし江　お義父さまが倒れたので太郎さ一家の帰京は一日遅れた。豊作で、九十円していた闇の米価が四十円まで下がっちまった。今年のタマネギが小さかったのは、石灰が足りなかったせいだから、来年は卵の殻を入れようとお義母さんが言った。明日は、今年度のさつまいもの供出。割り当て、十アールあたり、一トン。
トメ　英霊を迎えに松本駅へ行く。この村では百八十五人が戦死した。戦争が始まったとき、絹製品は贅沢だと政府が言い、四万町歩の桑畑を大豆緊急増産のため整理転換した。次には麦を作るために、残存桑園二十万町歩のうち、十五万町歩を麦畑に転換せよと言ってきた。だからこの夏、蕎麦の後、雑草を刈って苦土石灰をまき、麦畑にした。ところが、日本の産業を復興させるためには外貨が必要だ。絹製品を輸出するために養蚕が必要だと、再び桑畑に転換せよと言ってきた。わからねえ。
サヨ　雪になる前に松葉かきと薪取り。雪が一尺積もったら、炭焼きだ。それから、草鞋編みや竹細工で夜なべせんと現金収入にならん。……もう椚や楢や栗が枝先を薄赤く染めて新芽を出す準備をしている。土にさわれる季節が待ち遠しい。

7　（一年が過ぎた）

小春日和に、モズが鳴いている。
にわでは、トメが藁をたたいている。

サヨ　（ざるを持って出て）栗が焼けたからお茶にしるかね。
トメ　いいねえ。

「おお、寒、寒」と、背広にコートの葛西。

葛西　お、いいにおいがすると思ったら焼き栗ですか。
トメ　先生の食い物の匂い嗅ぎつける鼻は、犬並みだいね。
葛西　はいはい。今日からポチと呼んでください。
トメ　そんなこん言ったって、東京へ帰っちまうんずら？
葛西　尻尾を巻いて逃げ帰ります。
サヨ　四時の汽車だいね。（リンゴ箱を指して）これに、豆と麦と芋が入っとるから。
葛西　ありがとうございます。（栗を食べて）ああ、芋みたいにほくほくしとる。
トメ　芋みてえなら食うな。

葛西　気に障りました？
トメ　栗食って芋みたいだっちゅうのは、新蕎麦食ってうどんみてえにうんまいと言ってるようなもんだ。
葛西　トメさんは讃岐のうどん、食べたことがないから……。

そこへ、冬だというのにサングラスの三郎。米軍放出のテント地の袋を持っている。

三郎　ヘロー、エブリバディー。
トメ　三郎サでねえか。
三郎　土とともに生きるみなさん、今日もご苦労さんです。
サヨ　どうした？　東京で食い詰めたか？
三郎　とんでもはっぷん、ワット、ハップン。
葛西　会社、興したそうですね。
三郎　工科学校の友だちと農機具を作る会社を始めたんだ。
サヨ　金はどうした。
三郎　軍需工場の平和産業への転換には、国から融資が受けられるんだ。
トメ　で、松本に工場《こうば》でも作るんだか。
三郎　占領軍から化学肥料を頼まれて、持って来た。

トメ　カガクヒリョウ?
三郎　缶詰やコーヒーは向こうから飛行機で送れるが、生野菜は占領地で作らんとならんだろ。日本じゃ人糞使って野菜を作る。GIたちに回虫が湧く。アメリカじゃあね、人糞なんか使わないんだ。水と化学薬剤だけで、野菜を作るんだ。（葛西を見て）あれ、お出かけですか?
トメ　先生な、東京で教壇に立てるようになったんだ。
三郎　それはそれは、おめでとうございます。
葛西　学校たって女子高の教諭ですよ。
三郎　高校で哲学?
葛西　いいや社会科。
三郎　なるほどね。「桃栗三年柿八年。娘の熟れ頃十五年」とか。
サヨ　三郎。なにをキョロキョロしてんだ。なんで帰ってきただかや?
トメ　三郎サはよし江に会いに来ただいね。
三郎　ええ?
トメ　よし江に会いに来たずら。
三郎　なんだって?
トメ　聞こえないのは左ん耳、ずらい。
サヨ　今日は、松本に野菜売りに行っただいね。三郎、葛西先生に干し柿取ってやれ。
葛西　干し柿、清子が喜びます。

トメ　清子が、清子が……

三郎　（梯子の上から）ありゃりゃ、雪雲が北から押し寄せとる。葛西教諭、へたすりゃ雪になりますよ。

葛西　くわばらくわばら。

トメ　今《こん》だ結婚するときは、お里が九州か沖縄の嫁もらわねえとな。

そこへ、よし江と幸田が「ただ今」と帰ってくる。

サヨ　お帰り。しみたろう。

トメ　栗が焼けてるからお食べ。

幸田　うわあ、うまそう。

トメ　どうだったい、今日は。

よし江　東京から買い出しの人がどさまく来てたから。（懐から札入れを出して）七百円、越した。

トメ　そりゃ豪勢だ。

サヨ　うんずら、風呂が沸いてるよ。入ったら。

よし江　（幸田に）入るか。

幸田　先に入って。納屋からラジオ、取ってくるから。南口の闇市で真空管、見つけたんです。

よし江　（幸田に）あーん。（噛んで皮を剥いた栗を幸田の口に入れる）

トメ　あのラジオ、直るのか？
よし江　幸田さんは、航空隊で無線機の修理、習ったんだって。
サヨ　助かるねえ。戦が終わって、天気予報始まったのに、ラジオが壊れて往生したよ。台風が来るか来ないか、わかりゃあしねかった。
葛西　そう何度もホックくり返さないでくださいよ。
トメ　一億玉砕から手の平返しでポツダム宣言、受け入れたなあ天皇陛下だよ。ラジオに当たったたって仕方ねえだろ。
よし江　あれえ！（見つけて）三郎サでねえか。
三郎　ナイス、ツー、ミーチュ、ユー。（梯子から下りてくる）
よし江　なにしに来た。
三郎　親爺が、倒れたって聞いてね。どうなんだ？
サヨ　よくねえ。座敷で寝とるよ。どれ、先生に米を持たせにゃあ。（納屋に向かう）トメさ。餅米、そろそろずら。
トメ　ああ、見てこよう。（奥へ行く）
葛西　ああ、私が持ちます。（サヨを追う）
三郎　いつ祝言、あげるんだ。
よし江　祝言？
三郎　いい奴じゃないか、あいつ。

よし江　幸田さん？　百姓としては使い物になんねえ。
三郎　そんなこんはどうでもいいこった。親爺が倒れたのは、うんずらにとっちゃあ、もっけの幸い。
よし江　三郎サ、東京の人だな（奥に去る）

トメ、戻ってきて藁をたたき出す。
サヨと葛西、納屋から米を出してくる。

サヨ　リュックの一番下に入れましょ。
葛西　わかっております。よっこらしょ。これで東京に帰れます。

そこへ、房吉が炭俵を担いでくる。

房吉　炭、焼きました。
トメ　沢の方は、一尺積もったか？
房吉　へえ。今朝三時に集まって焼いてきました。
サヨ　房吉。馬はどうしたんだ。おらが頼んどった馬は。
三郎　母さん、馬なんぞで田起こしする時代は終わったんだよ。
房吉　おらは馬の方がええ。機械はガソリン食うが、木曽馬はそこらに生えとる草食って育ってくれる。稗の飯食って働く嫁みてえなもんだった。

三郎　ここの家だって、そのうちトラクター買うさ。

サヨ　廏《うまや》に藁を敷いてやれば、そりゃ、いい肥やしになる。

幸田は、ラジオを持って来て、片隅で修理を始める。

三郎　稲刈りのあと、夜なべして藁で草鞋を編む。味噌も醤油も自分の家で作っとる。ランプの油や塩、着るものさえ買えばなんとか生きて行ける。でも、これからは、自給自足じゃやっていけねえんだ。農地改革で小作人たちに現金収入が入る。そうしたら、皆、農作業を楽にする農具を買い出す。

房吉　ほんとうにそんな時代が来るんかねえ。

三郎　（袋を出して）どうだ、房吉。この化学肥料使って、野菜作りをしてみねえか。進駐軍に話しつけてやるぜ。

房吉　儲かるのか？

三郎　ちょっと、来い。

二人、去っていく。

葛西　ああ、お義母さん、柿、モズに食べられてますよ。
幸田　どうして柿、一つだけ残しとくんです。
サヨ　ここらじゃ鳥のことを木守りって言う。大雨に流されて禿げ山になったら、そこに稗や栗をまくだじ。すると鳥たちがやって来る。鳥の糞から草が生えだし、土になる。山ん中にヤマブドウやグミの木があるのは、あいつらが運んでくれただいね。
幸田　（見上げて）そうか。水は高いところから流れる。鳥は重力に逆らって低いところから高いところへ種を運ぶんだ。
葛西　溶岩だけの山にもいつか草木が生えるんだ。
潤久　（出てきて）先生。四時の汽車なら、そろそろだいね。
葛西　はいはい。（奥に行く）
サヨ　ボクちゃも、栗を食いな。

ラジオからモーツァルトが流れてくる。

トメ　あら、このオンボロが生き返ったよ。
サヨ　たいしたもんだ。

そこへ「わあ、直ったんだね」とよし江。

潤久　（食べて）ほっぺたが落ちるわ。
サヨ　おらの子供ん頃はここらにも栗林がどさまくあって、栗一升米一升って言われたもんだが、今じゃ少なくなって栗一升米三升だわね。
トメ　ブドウ畑もリンゴ園もなくなっちまった。
幸田　どうしてなくなったんです。
トメ　戦が始まって外米を輸入しているのに、リンゴやぶどうなんか作る奴は非国民だって言われて引っこ抜いたさ。
サヨ　五月になったら、追倉《おっくら》の畑に桃を接ぎ木して、リンゴも植えるかいね。
よし江　牛も飼いてえなあ。
トメ　ボク、そろそろ、餅米が炊きあがるずら。
幸田　手伝います。

幸田とトメと潤久、奥へ行く。

サヨ　なあ、よし江。
よし江　はい。
サヨ　幸田さんは、百姓には向いとらんが……。誰でも、生まれたときから百姓なわけじゃない。……

それとも所帯を持つのは嫌か?
よし江　そんなことより、わし、赤ちゃんが欲しい。
サヨ　ならば……。

そこへ、半身不随になった多聞がヨロヨロ出てくる。

三郎　(後を追ってきて)親爺、気を付けて。
多聞　(口の中で何事かしゃべっている)
三郎　ええ、なんだよ。
多聞　(手を動かしている)
サヨ　あい。もうすぐ、餅つきを始めますよ。
多聞　(ぐちゃぐちゃ言っている)
サヨ　あい。正月の餅は六月に田植えしるときの力になる。わかってますよ。

と、サヨ、多聞を連れて奥へ行く。

三郎　おい。
よし江　なにさ。

三郎　なにを迷ってる。
よし江　……。
三郎　毎年麦は死んで次の麦が生まれる。
よし江　知ってる。
三郎　人間は死なねえと思ってるが、人間も毎年、死んでるんだぞ。
よし江　いつ、死ぬのさ。
三郎　寝ている間に今年の自分が死んでるんだ。来年の自分は、もう今年の自分じゃねえ。そうしていつか、ふんとにくたばる。
よし江　なに、言ってるだ。
三郎　毎年、穫り入れの秋は来るが、人生は繰り返しじゃねえ。この一年は、もう帰ってこない。早く一緒になっちまいな。
よし江　三郎サ、今夜、泊まっていく?
三郎　いや。帰る。

そこへ、リュックを背負った葛西。

三郎　先生。四時の汽車ですか。
葛西　ああ、練馬の我が家にも来てくれよ。なんのお構いもできんが……。

三郎　俺、清子姉さん、苦手だから。（ポケットを探って）先生。二等で帰りませんか？
葛西　二等？
三郎　三等車は、ギュウ詰めですから。（切符を二枚出して一枚を渡す）
葛西　でも、これ、二百円はするだろう。
三郎　俺、今やたら、景気がいいんですよ。

そこへ、上條。

上條　ああ、三郎さん、お帰りでしたか。
三郎　この国にまた徴兵制が敷かれるまで、役場に勤める気か。
上條　虐めないでくださいよ。先生、ちょっと。
葛西　なんだ。

上條、倉の方へ葛西を連れて行く。

三郎　（バッグから小さな紙包みを出す）よし江。
よし江　なあに。
三郎　クリスマスプレゼント。銀座三越のＰＸでね。

よし江　口紅……。
三郎　そのうち、百姓だって口紅塗る時代がくるよ。
よし江　おらは塗らんよ。でも、ありがとう。（奥へ去る）

葛西が上條に何事か囁いている。
潤久と幸田が「さあ、正月の餅つき、始めますか」と臼を持ってきた。
サヨがバケツをトメが蒸籠を持ってきた。

サヨ　さあ、はじめるか。
幸田　よーし。（と、上着を脱ぐ）
葛西　おい、君。
幸田　自分ですか。
葛西　うまくこの家に入り込んだな。この人たちに言うことがあるだろう。
サヨ　どうしたんです、先生。
葛西　望月二郎が、テニアン守備隊に配属されて戦死なんて嘘っぱち、よく言えたもんだな。（上條を指して）この人が本当のことを教えてくれた。
上條　望月上等兵の赴任先はテニアンではなく、インドネシアです。
幸田　すみませんでした。

上條　おめは戦争未亡人を騙して、この家に入り込んだんだろう。
葛西　旦那の戦友だと嘘をついて、この家を乗っ取ろうとしたおめは詐欺罪で告訴することもできるんだぞ。
幸田　自分は……。
葛西　さっさと消えろ。ぐずぐずしていると、警察に突き出すぞ。
幸田　はい。（歩き出すがフト振り返って）よし江さん、すみません。皆さま、よいお年を。（走り去る）
トメ　幸田さん。
三郎　おい、待て。義姉さん！
よし江　……。
三郎　これ切りになっちまうぞ。
潤久　（荷物を持って）先生。行くじ。
葛西　ここの田畑、家屋敷、取られるところだった。それじゃあ、私もそろそろ。お義父さん。一年、お世話になりました。
多聞　（なにか言っているらしい）
サヨ　お父さん。葛西先生がお帰りになりますよ。
葛西　（サヨに）一年、居候させていただいて、なんとお礼を申したら……。
サヨ　お礼なら、お日さんと土と雨に言いなされ。
トメ　おらたち皆、この大地の居候。

葛西　（空に）お世話になりました。（三郎に）荷物があるから、先に行ってますよ。

二人、雪の中を去っていく。

上條　近頃、多いらしいですよ。ああやって、戦争未亡人の家に入って女子供を騙す奴らが。
サヨ　二郎がテニアンなんかに行かなかったこと、あたしら知ってたわね。二郎の部隊はスマトラの油田を守りに行っとったんだ。
トメ　インドネシアからの二郎サの手紙が、一年もかかって着いた。
よし江　おらあっちは何度も何度も読んだじ。「パレンバンの大通りの角を左に行くと映画館。大通りに交差する角が軍政庁です」。
三郎　テニアンで玉砕したんじゃなければ、兄貴は生きているのかや。
上條　望月上等兵は、インドネシア抗日軍に加わり、日本軍への抵抗を組織しました。八月二十六日、望月上等兵は帝国陸軍の捕虜になり、反逆罪で死刑を賜りました。昨夜、正式な通知が来ました。
よし江　八月二十六日、……もう戦争は終わっているのに。

雪が降り出している。

上條　（多聞に）望月さん。天皇陛下さまが信州に行幸に来なさったよ。（耳の聞こえない人に言うように）

松代の地下大本営じゃあ、陛下の入られる日本間を作った朝鮮人は殺されたって聞いとるがのう。このたび、行幸で長野にいらした陛下は、「無駄な穴を掘ったところはどこか」とお尋ねになっただいね。

多聞　（何か言っている）

サヨ　この人はもう駄目だじ。からっきし、わかんねえ。

上條　三郎サ、汽車の時間ですよ。

三郎　おう。そうだな。

サヨ　帰るのかい。

三郎　俺は東京の人だ。（よし江に）なあ、餅つき、手伝えなくてごめん。

三郎と上條が去り、半身不随の老人と三人の女が残った。

よし江　雪だじ。

トメ　去年な。実のならないまま立ち枯れた稲田に、雪が降ってきた。あんときの辛い気持ち、東京で飯食ってる奴にはわからんずら。

よし江　……ああ、柿の木の枝の先っちょが赤くなっとる。もう、春の準備してるんだねえ。

トメ　幸田さんみてえな若い男が、またひょっこり迷い込んでくれんかねえ。こっちは、網張って待ってるんだがねえ。

サヨ　田植えん頃は、毎日十二人分の飯作りでてんやわんやだったがね。

トメ　以前に一家がそろったは、大正の大地震のときじゃった。

サヨ　よし江。

よし江　あい。

サヨ　また、大地震か大きな戦でも起こらんかねえ。

雪は降り続いている。

―幕―

上演記録

二〇〇五年五月五日〜十六日
劇団俳優座公演・俳優座劇場

●スタッフ

演出　佐藤　信
美術　佐藤　信
照明　黒尾　芳昭
効果　田村　悳
衣装　若生　昌
振付　二代目西崎緑
舞台監督　北村　雅則
美術補　星　健典
制作　山崎　菊雄
　　　伊渕　真木

●キャスト

望月多聞　松野　健一
サヨ　川口　淳子
太郎　武正　忠明
佐和子　早野ゆかり
葛西芳孝　森　一
よし江　井上　薫
三郎　脇田　康弘
トメ　美　苗
二木房吉　渡辺　聡
上條誠作　河原崎次郎
朴潤久　齋藤　淳
すえ　小飯塚貴世江
幸田正　関口　晴雄

あとがき

私小説の嫌いな僕が、初めて自分の体験にもとに芝居を書いた。

昭和二十年の十二月、朝鮮で林業をやっていた僕の一家は貨車に乗って、母親の実家、岡山の寒村の地主様の家に引き揚げてきた。

この芝居には登場はしないが「釜山の埠頭でばったり倒れて、鼻血」を出したのは、四歳の僕だ。ある夜、父がオンドルの部屋にやってきて、「日本に帰ることになった。嬉しいだろう」と言った。平壌で生まれ京城（ソウル）で育った僕には、その「日本」というところが、どんな処なのか想像もできなかった。

僕の一家が背負えるだけの荷物を背負って農家にたどり着いたとき、東京に出ていった庄屋さまの息子や娘の家族も疎開していて、あの未曾有の食糧難の時代に飢えずに生き延びることができた。だがその一年後、その三家族全員が「仕事」と「子供の教育」を理由にして東京へ帰っていった。

八年前、放置されたままになっている廃屋に行き、僕が滞在していたあの一年の間に、農地改革があったのだと感慨を新たにした。

平成の世の過疎化した村を歩いて、あの日々、残された祖父母はどんな思いで、東京に出ていく息子や孫たちを見送ったのだろうかと、誰一人見る者のいない蛍の大群の群がる田圃の中で考えた。

そして、「庄屋さまのお屋敷」の中から、反古となった国債や年貢台帳と一緒に、祖母が書き記した歌集ノートが出てきた。

県会議員を務め、悪名高き「鈴木商店」の重役になり、岡山市内の妾の家で死去した祖父の横暴。百姓をしながら六人の子供を産んだ祖母は、悲しくなると蔵に駆け込んで、鉛筆をなめなめ歌つくりに気を紛らわしていたと、今年の四月に九十三で逝った母が語ってくれた。

今回は、その祖母山本信恵の歌集から、六首を引用した。

農家の一年を描くためには、一年間の農作業の記録が必要だが、作付けする作物と作付け時期は、地方によって、時代によってまるでちがう。

さいわい、松本の近郊山形村の農家の唐沢正三さんが、一九三〇（昭和五）年から一九九六年まで一日も書かさず書かれた日記（中公新書『農民の日記』）が残してくださっていて、農作業の歳時記や農地改革前後の農民の心を知ることができた。なかでも印象的だったのは、あの玉音放送の日も唐沢さんは農作業を続けている事実だ。

それで、二年間松本に通って、戦中戦後を泥にまみれて生きてこられた老人たちから話をお聞きした。上演に際しても、方言や松本の四季を写した映像の提供など、松本の方々に大変お世話になった。

豊かになった日本では、後継者不足によって毎年一万ヘクタールの耕作放棄地が生まれ、私たちは飛行機に乗ってやってくる外国野菜を毎日食べている。そして、食料を生産している農民や漁師、牧畜業者の労働を見ずに生きている都会の子供たちが、他者の労働によって自分は生きているという実感を失って久しい。

この一世紀の間に、農業や漁業、畜産といった第一次産業が衰退し、人々は田舎を捨てて都会へと出ていった。だから、昭和の歌謡曲のほとんどは、都会に出てきた人々の孤独と、捨てた田舎への追憶ばかりだった。その３Ｋ労働を嫌って都市に出てきた人たちが、果たして農村の芝居を観てくれるだろうかと心配だった。

もちろん、同じ農村の芝居でも『ワーニャ伯父さん』や『桜の園』だったら、話は別なのだ。

その意味では、日本人の作家が書いた農村の芝居を上演してくださった劇団俳優座に感謝している。

春、忍び難きを

2005年5月25日　第1刷発行

定　価　本体1500円+税
著　者　斎藤憐
発行者　宮永捷
発行所　有限会社而立書房
東京都千代田区猿楽町2丁目4番2号
電話　03(3291)5589／FAX03(3292)8782
振替　00190-7-174567
印　刷　株式会社スキルプリネット
製　本　有限会社岩佐製本

落丁・乱丁本はおとりかえいたします。

ISBN4-88059-325-7　C0074
装幀・神田昇和